一切皆是美

YIQIE JIE
SHI MEI

蒋勋 等

著

—

密斯於

主编

长江出版传媒 崇文书局

图书在版编目（CIP）数据

　　一切皆是美 / 蒋勋等著；密斯於主编. -- 武汉：
崇文书局，2023.11
　　（经典名篇里的写作课）
　　ISBN 978-7-5403-7318-4

　　Ⅰ．①一… Ⅱ．①蒋… ②密… Ⅲ．①散文集－中国
－现代②散文集－中国－当代 Ⅳ．① I266

　　中国国家版本馆 CIP 数据核字（2023）第 186320 号

责任编辑　　曹　程　　付映苃
责任印制　　冯立慧
责任校对　　董　颖

一切皆是美
Yiqie Jie Shi Mei

出版发行　　　长江出版传媒 ｜ 崇文书局
地　　址　　武汉市雄楚大街 268 号 C 座 11 层
电　　话　　(027)87677133　邮政编码　430070
印　　刷　　武汉新鸿业印务有限公司
开　　本　　640 mm×900 mm　　1/16
印　　张　　12.625
字　　数　　107 千
版　　次　　2023 年 11 月第 1 版
印　　次　　2023 年 11 月第 1 次印刷
定　　价　　42.80 元
（如发现印装质量问题，影响阅读，由本社负责调换）

像作者一样读书，像大师那样写作

　　作为深耕阅读写作教育多年的老师，在各类讲座中，我最常被家长们问到的一个问题是："为什么我们家孩子读了很多书，却还是不会写作？"众所周知，阅读与写作是一对输入与输出的关系，然而，这种输入和输出并不是线性的，**不是书读得多，作文就一定写得好**。要想解决这个问题，我们就有必要深入探讨阅读与写作的关系，谈谈如何提升阅读品质，以及如何将阅读的输入成功转化为写作上的输出。

　　杜甫有句耳熟能详的名言，叫"读书破万卷，下笔如有神"。这句话对吗？对，也不对。放在杜甫生活的年代，大家捧读四书五经，胸罗万卷，所以能左右逢源而下笔有神。而且他们是读圣人之书，习圣人之理，写出来的文章自然也脱离不了圣人的那些套路。但是，放在现今这个信息过载，甚至是信息爆炸的年代，对这句话我们就要好好思辨一番了。面对着卷帙浩繁又良莠不齐的书山书海，我们到底应该读什么，怎么读，才能达到下笔如有神的境界呢?

在西方写作教育学中,有一个堪称基石的方法论——**"像作者一样读书"**(Read Like a Writer)。如果孩子书读得不少,作文却不见长进,这正是解决这个问题的关键。像作者一样读书,对于我们大多数人来说,尚是个新鲜的概念。与之对应的,像读者一样读书,对于我们每位读者来说,则是自然不过的事情。我们在阅读课上引导大家边阅读边思考,讲授各种阅读策略,目的都是帮助大家更好地理解文本的内容。而像作者一样读书,则是从学习写作技巧的角度出发,我们的阅读方式就完全不同了,关注的不再是文本内容,而是文本的写作方法和表现形式,从文本的作者那里学习借鉴,并应用到自己的写作中去。荣获诺贝尔文学奖的美国作家威廉·福克纳也反复强调了从阅读中学习写作方法的重要性。他建议广大写作者,"阅读,阅读,阅读,并琢磨它们是怎么写的,就像是一个木匠去当学徒工,并向师傅学习"。像读者一样读书还是像作者一样读书,阅读的方式不同,获益自然也就大相径庭了。

以提升写作为目的的阅读,国内常规的认知是让学生摘抄好词好句。所谓好词好句,一般是指文字华美、修辞精巧和寓意深刻的词句。这些词句用得好,当然可以为作文加分，用得不当，则适得其反。古人讲"修辞立其诚"，写好作文，光有好词好句不行，还要讲究真情实感。鲁迅先生关于作文秘诀有四句箴言："有真意，去粉饰，少做作，勿卖弄。"著名教育家叶圣陶先生主张，"直抒情感，了无隔阂；朴实说理，不生谬误"，说的也是这个道理。要做到这一点，光靠好词好句不行，还要有清晰的思维和精准的表达。倘若我们只满足于在阅读中摘抄好词好句，获得的只能是语言层面和知识层面的累积，然而仅凭这两点，远不足以支撑起写作的输出。

写作输出的关键在于写作思维和写作意识。例如，我们要有文体意识，不同文体的写作方法不同：叙述性写作是讲故事，要有时间、地点、人物，有起因、发展、高潮、结局；描述性写作则是用文字来描绘出画面，要通过看到、听到、尝到、闻到、摸到等感官细节让读者身临其境，感同身受。我们要有主题意识，要通过文章来表达观点。我们要有读者意识，要明确谁是我们的读者，我们这样写，读者能不能理解，会不会喜欢。我们要有剪裁意识，能根据主题对写作材料进行取舍。我们要有布局意识，要明白怎样写才能使文章结构清楚，条理分明，重点突出，详略得当。我们要有审美意识，懂得怎样写才能让文章更具美感，更有可读性……而这些，都需要像作者一样读书，去分析拆解作者的写作运思与行文技巧，去感受领悟作者的铺排用意与精妙匠心。

为了满足学生们渴望通过阅读提升写作的诉求，针对读什么和怎么读的疑问，我们编撰了这套《经典名篇里的写作课》经典文丛，精选出四十余位百年华语文坛大师的百篇传世佳作，以此为蓝本，从选材立意、谋篇布局、提炼细节、斟酌词句四个维度进行拆析讲解，并且录制了十六节视频微课，深度引领大家像作者一样读书，像大师那样写作，源源不断地从阅读中获取深厚的写作滋养。

我在课上等你，让我们在大师的笔下相聚。

《经典名篇里的写作课》丛书主编　密斯於

缪斯读写系列课程主讲人

缪斯学院院长

中国写作学会作家

加拿大约克大学传播与文化硕士

目 录

情理交融，升华立意

面对一朵荷花，你会写出什么样的作文，你会做出什么样的思考？像作者一样读书，我们来拆析洛夫先生的名篇《一朵午荷》。洛夫先生是世界华语诗坛泰斗，曾获得诺贝尔文学奖的提名。他的这篇散文也如诗歌一般饱含着情感之美和意象之美。

《一朵午荷》的字里行间氤氲着作者对荷的深情。他写急雨中的夏荷："满池的青叶在雨中翻飞着，大者如鼓，小者如掌，雨粒劈头盖脸洒将下来，鼓声与掌声响成一片。"他写花事已残的秋荷："众荷田田亭亭如故，但歌声已歇，盛况不再。两个月前，这里还是一片繁华与喧嚣，白昼与黄昏，池里与池外，到处拥挤不堪；现在静下来了。"作者设喻精妙，用夏荷的"鼓声与掌声响成一片"来反衬秋荷的"歌声已歇，盛况不再"，形成鲜明的对比，揭示出荷由兴盛到衰亡的生命历程。

《一朵午荷》是**托物言志、借景抒怀**的写法，作者通过两次午后观荷的经历，展现了自己对于生命历程的追问与哲思。第一次观荷是在夏日的雨中，荷是英姿勃发矫健的。第二次观荷是在秋末的花残时节，荷是枯干黑瘦孤绝的。经过前后的充分铺垫，一朵"将谢而未谢，却已冷寂无声"的红莲于肃杀之中不经意间登场。"我惊喜得手足无措起来，这不正是去夏那挨我最近、最静、最最温柔的一朵吗？"面对这朵红莲，作者没有发悲秋之叹，反而体味到似是故人来的惊喜。这是因为通过这两次观荷，通过不断地思索和探寻，作者已然领悟，"兴衰无非都是生命过程中的一部分"，我们应该像莲一样，在盛开时大声欢唱，然后安静地退回到自然运转过程中，等到第二年再来接唱。在两次观荷的情感流转中，主题得以升华。

洛夫先生曾说："我理想中的散文应是**情理交融，把知性与感情糅成一片**。"既有情感的动人抒发，又有立意的清晰传达，《一朵午荷》堪称典范。

——密斯於

一朵午荷

——洛 夫

A

　　这是去夏九月间的旧事，我们为了荷花与爱情的关系，曾发生过一次温和的争辩。

　　"真正懂得欣赏荷的人，才真正懂得爱。"

　　"此话怎讲？"

　　"据说伟大的爱应该连对方的缺点也爱，完整的爱包括失恋在内。"

　　"话是这么说，可是这与欣赏荷有啥关系？"

　　"爱荷的人不但爱它花的娇美，叶的清香，枝的挺秀，也爱它夏天的喧哗，爱它秋季的寥落，甚至觉得连喂养它的那池污泥也污得有些道理。"

"花凋了呢?"

"爱它的翠叶田田。"

"叶残了呢?"

"听打在上面的雨声呀!"

"这种结论岂不太过罗曼蒂克。"

"你认为……"

"欣赏别人的孤寂是一种罪恶。"

其实我和你都不是好辩的人,因此我们的结论大多空洞而可笑,但这次却为你这句淡然的轻责所慑服,临别时,我除了赧然一笑外,还能说些什么呢?

记得那是一个落着小雨的下午,午睡醒来,突然想到去历史博物馆参观一位朋友的画展。为了喜欢那份凉意,手里的伞一直未曾撑开,冷雨溜进颈子里,竟会引起一阵小小的惊喜。沿着南海路懒懒散散地走过去,噘起嘴唇想吹一曲口哨,第一个音符尚未成为完整的调子,一辆红色计程车侧身驰过,溅了我一裤脚的泥水。

抵达国家画廊时，正在口袋里乱掏，你突然在我面前出现，并递过来一块雪白的手帕。老是喜欢做一些平淡而又惊人的事，我心想。但当时好像彼此都没有说什么，便沿着画廊墙壁一路看了过去。有一幅画设想与色彩都很特殊，经营得颇为大胆，整个气氛有凡·高的粗暴，一大片红色，触目惊心，有抗议与呼救的双重暗示。我们围观了约有五分钟之久，两人似乎都想表示点意见，但在这种场合，我们通常是沉默的，因为只要任何一方开口，争端必起，容忍不但成了我们之间的美德，也是互相默认的一种胜利者的表示。

这时，室外的雨势越来越大，群马奔腾，众鼓齐插，整个世界笼罩在一阵阵激越的杀伐声中，但极度的喧嚣中又有着出奇的静。画廊的观众不多，大都面色呆滞，无奈地搓着手在室内兜圈子。雨，终于小了，我们相偕跨进了面对植物园的阳台。

"快过来看！"你靠着玻璃窗失神地叫着。我挨过去向窗外一瞧，正如旧约《创世纪》第一章中所说："神的灵运行在水面上，神说有光，便有了光。"我顿时为窗下一幅自然的奇景所感动，怔住。

　　窗下是一大片池荷，荷花多已凋谢，或者说多已雕塑成一个个结实的莲蓬。满池的青叶在雨中翻飞着，大者如鼓，小者如掌，雨粒劈头盖脸洒将下来，鼓声与掌声响成一片，节奏急迫而多变化，声势相当慑人。这种景象，徐志摩看了一定大呼过瘾，朱自清可能会吓得脸色发白；在荷塘边，在柔柔的月色下，他怎么样也无法联想起这种骚动。这时，一阵风吹来，全部的荷叶都朝一个方向翻了过去，犹如一群女子骤然同时撩起了裙子。我在想，朱自清看到会不会因而激起一阵腼腆的窃喜？

　　我们印象中的荷一向是青叶如盖，俗气一点说是亭亭玉立，之所以亭亭，是因为它有那一把瘦长的腰身，风中款摆，韵致绝佳。但在雨中，荷是一群仰着脸的动物，专注而矜持，显得格外英姿勃发，矫健中另有一种娇媚。雨落在它们的脸上，开始水珠沿着中心滴溜溜地转，渐渐凝聚成一个水晶球，越向叶子的边沿扩展，水晶球也越旋越大，瘦弱的枝干似乎已支持不住水球的重负，由旋转而左摇右晃，惊险万分。我们的眼睛越睁越大，心跳加速，紧紧抓住窗棂的手掌沁出了汗水。猝然，要发生的终于发生了，荷身一侧，哗啦一声，整个叶面上的水球倾泻而下，紧接着荷枝弹身而起，又恢复了原有的挺拔和矜持，我们也随之吁了一口气。我点燃一支烟，深深吸了一口，然后缓缓吐出，一片浓烟刚好将脸上尚未褪尽的红晕掩住。

也许由于过度紧张，也许由于天气阴郁，这天下午我除了在思索你那句"欣赏别人的孤寂是一种罪恶"的话外，一直到画廊关门，挥手告别，我们再也没有说什么。

B

但我真正懂得荷，是在今年另一个秋末的下午。

十月的气温仍如江南的初夏，午后无风，更显得有点燠（yù）热。偶然想起该到植物园去走走，这次我是诚心去看荷的，心里有了准备，仍不免有些紧张，十来分钟的路程居然走出一掌的汗。跨进园门，首先找到那棵编号二十五的水杉，然后在旁边的石凳上坐憩一下，调整好呼吸后，再轻步向荷池走去。

噫！那些荷花呢？怎么又碰上花残季节，在等我的只剩下满池涌动的青叶，好大一拳的空虚向我袭来。花是没了，取代的只是几株枯干的莲蓬，黑黑瘦瘦，一副营养不良的身架，跟丰腴的荷叶对照之下，显得越发孤绝。这时突然想起我那首《众荷喧哗》中的诗句：

> 众荷喧哗
> 而你是挨我最近
> 最静，最最温柔的一朵
> ……
> 我向池心
> 轻轻扔过去一粒石子
> 你的脸
> 便哗然红了起来

其实，当时我还真不明白它的脸为什么会顿然红了起来，也记不起扔那粒石子究竟暗示什么，当然更记不起我曾对它说了些什么，总不会说"你是君子，我很欣赏你那栉风沐雨，吃污泥而吐清香的高洁"之类的废话吧？人的心事往往是难以牢记的，勉强记住反而成了一种永久的负荷。现在它在何处，我不得而知，或下坠为烂泥，最最温柔的一朵。朋友，这不正足以说明我决不是只喜欢欣赏他人孤寂的那类人吗？

午后的园子很静，除了我别无游客。我找了一块石头坐了下来，呆呆地望着满池的青荷出神。众荷田田亭亭如故，但歌声已歇，盛况不再。两个月前，这里还是一片繁华与喧嚣，白昼与黄昏，池里与池外，到处拥挤不堪；现在静下来了，剩下我独自坐在这里，抽烟，扔石子，看池中自己的倒影碎了，又拼合起来，情势逆转，现在已轮到残荷来欣赏我的孤寂了。

想到这里，我竟有些赧然，甚至感到难堪起来。其实，孤寂也并不就是一种羞耻，当有人在欣赏我的孤寂时，我绝不会认为他有任何罪过。朋友，这点你不要跟我辩，兴衰无非都是生命过程中的一部分。今年花事已残，明年照样由根而茎而叶而花，仍然一大朵一大朵地呈现在我们面前，接受人的赞赏与攀折，它却毫无顾忌地一脚踩污泥，一掌擎蓝天，激红着脸大声唱着"我是一朵盛开的莲"，唱完后不到几天，它又安静地退回到叶残花凋的自然运转过程中去接受另一次安排，等到第二年再来接唱。

扑扑尘土，站起身来，心口感到很闷，有点想吐，寂寞真是一种病吗？绕着荷池走了一圈后，舒服多了，绕第二圈时，突然发现眼前红影一闪而没。放眼四顾，仍只见青荷田田，什么也没有看到。是迷惘？是殷切期盼中产生的幻觉？不甘心，我又回来绕了半匝，然后蹲

下身子搜寻，在重重叠叠的荷叶掩盖中，终于找到了一
朵将谢而未谢，却已冷寂无声的红莲，我惊喜得手足无
措起来，这不正是去夏那挨我最近、最静、最最温柔的
一朵吗？

卢沟晓月

——王统照

"苍凉自是长安日，呜咽原非陇头水。"

这是清代诗人咏卢沟桥的好句，或许，长安日与陇头水六字有过火的古典气味，读来有面碍心？但，假如你们明了这六个字的起源，用联想与想象的力气对付起，提醒这处所的环境，景物，以及历代的变化，你天然觉得像这样"古典"的利用确能增添卢沟桥的巨大与漂亮。

翻开一原略明的舆图，自如今的河北省、清代的京兆区域里你可觅得那条历史上有名的桑干河。在去古的战史上，在几吊古伤今的诗人的笔下，桑干河三字并不陌生。但，道到乱水，㶚水，漯水这三个专名好像就不是普通人所知了。还有，凡是到过北平的人，谁不忘得北平城外的永定河，——便不忘得永定河，而外城的正南门，永定门，大约可说是"无人不晓"吧。人虽不来与自己道考证，道水经，由于要道道卢沟桥，却不能不道到桥下的水流。

乱水，漯水，漯水，以及俗实的永定河，实在皆是那一道河流——桑干。

还有，河名不甚陌生，而在一般的舆书上不大注意的是另外一道大流——浑河。浑河流出浑流，间隔有名的恒山不遥，水色混浊，所以又有小黄河之称。在山西境内已经混入桑干河，经怀仁，大同，委弯波折，至河北的怀来县。背西南流入长城，在昌平县境的大山中如黄龙似天转入宛平县城，二百少里，才到这条宏大雄浑的古桥下。

本非陇头水，是没有错的，那桥下的汤汤流水，本是桑干与浑河的合流；也便是所谓的乱水，漯水，漯水，永定河与浑河，小黄河，乌水河（浑河的俗名）的合流。

桥工的建筑既不在北宋时期，也不开端于蒙古人的盘踞北平。金人与南宋南北相争时，于大定二十九年（1189）六月方将这河上的木桥换了，用石料形成，这是睹之于金代的圣旨，听说："明昌二年三月桥成，敕命名广利，并修东西廊以便旅客。"

马可·波罗来逛中国，服官于元代始年时，他已望睹这宏伟的农程，曾在他的纪行里讴歌过。

经由元明两代皆有重修，但以明英宗正统九年（1444）的加工比较巨大，桥上的石栏、石狮，大约都是这一次重修的成就。清代对于彼桥的大工役也有数次。乾隆十七年（1752）与五十年（1785）两次的开工确为彼桥增色不少。

"东西长六十六丈，南北阔二丈四尺，两栏阔两尺四寸，石栏一百四十，桥孔十有一，第六孔恰当河之中流。"

按清乾隆五十年（1785）重修的统计，对此桥的是非大小有此阐明，使人（没有到过的）能够想象它的雄浑。

过去以北平左近的县分属顺天府，也便是所谓京兆区，琐事。经由名人题咏的，京兆区内有八类胜景：例如西山晴雪，居庸叠翠，玉泉垂虹等，都是很美的山川景物，卢沟桥不外是一道大桥，却竟然也与西山居庸一样列进八景之一，即是极富诗意的"卢沟晓月"。

原来，"杨柳岸，晓风残月"是最易引动过去旅人的感喟与观赏的清晨早发的光景；何况在遥来的巨流上有一道宏伟的绚丽的石桥；又是出入京都的孔道，几民吏、士人、商贾、农工，为了事业，为了生涯，为了旅游，他们不能不到这实本所萃的京乡，也没有能不在夕阳往照，或者天方已亮时挨自那现代的桥上经由。您念，在接通工具还出有往常敏捷方便的时分，车马、担篷，交往奔跑，再加上每个行人谁出有愁、喜、欣、休的实感横在口头，谁不为"生之运动"在精力上负一份重任？盛景当前，把一片壮好的感觉移进渗化于本人的愁喜欣戚之中，不管他是有怎样的观照，由于时光与空间的变化错综，面对于着这个具有高尚美的压榨力的修建物，行人如非白痴，自然以其鉴赏力的差异，与环境的相异，生发出种种的触感。于是留在他们心中，或者留正在借文字绘画表达出的作品中，关于卢沟桥三字实是有良多的酬谢。

不外，单以"晓月"形容卢沟桥之好，据传是另有缘由：每当旧历的月止境（晦日），天快晓时，下弦的钩月正在别处还瞅不分亮，如有人到彼桥上，他偏偏先得清光。这俗传的讲理是不可靠的，不能不令人怀疑。实在，卢沟桥也不外高止一些，岂非统一时光正在西山山顶，或者北平乡内的白塔（北海山上）上，望那晦晓的月明，会比卢沟桥不如？不过，话仍是没有那么拘板道为妙，用"晓月"衬托卢沟桥的其实是一位擅长想象而又身经的艺术家的妙语，原来不准备先人来做迷信的考试。您念"一日之计在于晨"，何况是行人的早晨，朝气清蒙，衬托出那钩人念感的月明，——上浮青天，下嵌白石的巨桥。京乡的雉堞一目了然，西山的云翳似近似遥，大野无边，黄流激奔……这样光，这样颜色，这样地点与建筑，不论是料峭的春朝，凄寒的秋晓，景物固然随时有变，但如无雨雪的来临，每月终五更头的月明、白石桥、大野、黄流，总可凑成一幅佳画，渲染飘浮于行旅者的心灵深处，产生出几样反射的美感。

你道，偏偏以这"晓月"衬托这"碧草卢沟"（清刘履芬的《鸥梦词》中有《长亭怨》一阕，起语是：叹销春间关轮铁，碧草卢沟，短长程接），不是最相称的"妙境"吗？

不管您能否身经其他，如今，你关于这名本历史的胜迹，大约不止于"发思古之幽情"吧？实在，便以念古而论也绝够你深念，咏叹，有无限的兴致！何况，血痕染功的那些石狮的鬈鬣（quán liè），白骨在桥上的轮迹里腐化，漠漠风沙，呜咽河流，天然会形成一篇哀壮的史诗，便是万古长青的"晓月"也一定对你惨笑，对于你寒觑，不是往日的温顺，幽丽，只引动你的"清思"。

桥下的黄流，昼夜哭泣，泛把着青空的灏气，伴守着沉默的郊野……

他们都等候着有明光大来与洪涛冲荡的一日，那一日的清晓。

丁香结

——宗璞

今年的丁香花似乎开得格外茂盛，城里城外，都是一样。城里街旁，尘土纷嚣之间，忽然呈出两片雪白，顿使人眼前一亮，再仔细看，才知是两行丁香花。有的宅院里探出半树银妆，星星般的小花缀满枝头，从墙上窥着行人，惹得人走过了还要回头望。

　　城外校园里丁香更多。最好的是图书馆北面的丁香三角地，种有十数棵白丁香和紫丁香。月光下白的潇洒，紫的朦胧。还有淡淡的幽雅的甜香，非桂非兰，在夜色中也能让人分辨出，这是丁香。

　　在我断续住了近三十年的斗室外，有三棵白丁香。每到春来，伏案时抬头便看见檐前积雪。雪色映进窗来，香气直透毫端。人也似乎轻灵得多，不那么浑浊笨拙了。从外面回来时，最先映入眼帘的，也是那一片莹白，白下面透出参差的绿，然后才见那两扇红窗。我经历过的春光，几乎都是和这几树丁香联系在一起的。

那十字小白花，那样小，却不显得单薄。许多小花形成一簇，许多簇花开满一树，遮掩着我的窗，照耀着我的文思和梦想。古人诗云："芭蕉不展丁香结""丁香空结雨中愁"。在细雨迷蒙中，着了水滴的丁香格外妩媚。花墙边两株紫色的，如同印象派的画，线条模糊了，直向窗前的莹白渗过来。让人觉得，丁香确实该和微雨连在一起。

只是赏过这么多年的丁香，却一直不解，何以古人发明了丁香结的说法。今年一次春雨，久立窗前，望着斜伸过来的丁香枝条上一柄花蕾。小小的花苞圆圆的，鼓鼓的，恰如衣襟上的盘花扣。我才恍然，果然是丁香结。

丁香结，这三个字给人许多想象。再联想到那些诗句，真觉得它们负担着解不开的愁怨了。每个人一辈子都有许多不顺心的事，一件完了一件又来。所以丁香结年年都有。结，是解不完的；人生中的问题，也是解不完的。不然，岂不太平淡无味了吗？

小文成后一直搁置，转眼春光已逝。要看江满城丁香，需待来年了。来年又有新的结待人去解——谁知道是否解得开呢？

天井里的种植

——叶圣陶

搬到上海来十多年，一直住的弄堂房子。弄堂房子，内地人也许不明白是什么式样。那是各所一律的：前墙通连，隔墙公用；若干所房子成为一排；前后两排间的通路就叫作"弄堂"；若干条弄堂合起来总称什么里什么坊，表示那是某一个房主的房产。每一所房子开门进去是个小天井。天井，也许又有人不明白是什么。天井就是庭除；弄堂房子的庭除可真浅，只须三四步就跨过了，横里等于一所房子的阔，也不过五六步光景，如果从空中望下来，一定会觉得那个"井"字怪适当的。天井跨进去就是正间。正间背后横生着扶梯，通到楼上的正间以及后面的亭子间。

因为房子并不宽，横生的扶梯够不到楼上的正间，碰到墙，拐弯向前去，又是四五级，那才是楼板。到亭子间可不用跨这四五级，所以亭子间比楼正间低。亭子间的下层是灶间；上层是晒台，从楼正间另一旁的扶梯走上去。近年来常常在文人笔下出现的亭子间就是这么局促闷损的居室。然而弄堂房子的结构确乎值得佩服；俗话说，"麻雀虽小，五脏俱全"，弄堂房子就合着这样经济的条件。

住弄堂房子，非但栽不起深林丛树，就是几棵花草也没法种，因为天井里完全铺着水门汀。你要看花草只有种在盆里。盆里的泥往往是反复地种过了几种东西的，一点养料早被用完，又没处去取肥美的泥来加入；所以长出叶子来开出花朵来大都瘦小得可怜。有些人家嫌自己动手麻烦，又正有余多的钱足以对付小小的奢侈的开支，就同花园子约定，每个月送两回或者三回的盆景来；这样，家里就长年有及时的花草，过了时的自有花匠拿回去，真是毫不费事。然而这等人家的趣味大都在不缺少一种照例应有的点缀，自己的生活跟花草的生活却并没有多大的干系；只要看花匠拿回去的，不是干枯了叶子，就是折断了枝干，可见我这话没有冤枉了他们。再有些人家从小菜场买一点折枝截茎的花草，拿回来就插在花瓶里，不像日本人那样讲究什么"花道"，插成"乱柴把"或者"喜鹊窠"都不在乎；直到枯萎了，拔起来向垃圾桶一丢，就此完事。这除了"我家也有一点花草"以外，实在很少意味。

我们乐于亲近植物，趣味并不完全在看花。一条枝条伸出来，一张叶子展开来，你如果耐着性儿看，随时有新的色泽跟姿态勾引你的欢喜。到了秋天冬天，吹来几阵西风北风，树叶毫不留恋地掉将下来；这似乎最乏味了。然而你留心看时，就会发见枝条上旧时生着叶柄的处所，有很细小的一粒透露出来，那就是来春新枝条的萌芽。春天的到来是可以预计的，所以你对着没有叶子的枝条也不至于感到寂寞，你有来春看新绿的希望。这固然不值一班珍赏家的一笑，在他们，树一定要寻求佳种，花一定要能够入谱，寻常的种类跟谱外的货色就不屑一看；但是，如果能从花草方面得到真实的享受，做一个非珍赏家的"外行"又有什么关系。然而买一点折枝截茎的花草来插在花瓶里，那是无法得到这种享受的；叫花匠每个月送几回盆景来也不行，因为时间太短促，你不能读遍一种植物的生活史；自己动手弄盆栽当然比较好，可是植物入了盆犹如鸟儿进了笼，无论如何总显得拘束，滞钝，跟原来不一样。推究到底，只有把植物种在泥地里最好。可是哪里来泥地呢？弄堂房子的天井里有的是坚硬的水门汀！

把水门汀去掉，我时时这样想，并且告诉别人。关切我的人就提出了驳议。有两说：又不是自己的房产，给点缀花木犯不着，这是一说；谁知道这所房子住多少日子，何必种了花木让别人看，这是又一说。前者着眼在经济；后者只怕徒劳而得不到报酬。这种见识虽然不能叫我信服，可是究属好意；我对他们都致了感谢的意思。然而也并没有立刻动手。直到三年前的冬季，才真个把天井里的水门汀的两边凿去，只留当中一道，作为通路。

水门汀下面满是瓦砾，烦一个工人用了独轮车替我运开去。他就从不很近的田野里载回来泥土，倒在凿开的地方。来回四五趟，泥土同留着的水门汀一样平了。于是我买一些植物来种下，计蔷薇两棵，紫藤两棵，红梅一棵，芍药根一个。蔷薇跟紫藤都落了叶，但是生着叶柄的处所，萌芽的小粒已经透出来了；红梅满缀着花蕾，有几个已经展开了一两瓣；芍药根生着嫩红的新芽，像一个个笔尖，尤其可爱。我希望它们发育得壮健一点，特地从江湾买来一片豆饼，融化了，分配在各棵的根旁边；又听说芍药更需要肥料，先在安根处所的下面埋了一条猪的大肠。

不到两个月，"一·二八"战役起来了。停战以后，我回去捡残余的东西。天井完全给碎砖断板掩没了。只红梅的几条枝条伸了出来，还留着几个干枯的花萼；新叶全不见，大概是没有命了。当时心里充满着种种的愤恨，一瞥过后，就不再想到花呀草呀的事。后来回想起来，才觉得这回的种植真是多此一举。既没有点缀人家的房产，也没有让别人看到什么，除了那棵红梅总算看到了半开以外，一点效果都没有得到，这才是确切的"犯不着"。

然而当初提出驳议的人并不曾想到这一层。

去年秋季，我又搬家了。经朋友指点，来看这一所房子，才进里门，我就中了意，因为每所房子的天井都留着泥地，再不用你费事，只一条过路涂的水门汀。搬了进来之后，我就打算种点东西。一个卖花的由朋友家介绍过来了。我说要一棵垂柳，大约齐楼上的栏杆那么高。他说有，下礼拜早上送来。到了那礼拜天，一家的人似乎有一位客人将要到来的样子，都起得很早。但是，报纸送来了，到小菜场去买菜的回来了，垂柳却没有消息。

那卖花的"放生"了吧，不免感到失望。忽然，"树来了！树来了！"在弄堂里赛跑的孩子叫将起来。三个人扛着一棵绿叶蓬蓬的树，到门首停下；不待竖直，就认知这是柳树而并不是垂柳。

为什么不带垂柳来呢？种活来得难哩，价钱贵得多哩，他们说出好些理由。不垂又有什么关系，具有生意跟韵致是一样的。就叫他们给我种在门侧；正是齐楼上的栏杆那么高。问多少价钱，两块四，我照给了。人家都说太贵，若在乡下，这样一棵柳树值不到两毛钱。我可不这么想。三个人的劳力，从江湾跑了十多里路来到我这里，并且有一棵绿叶蓬蓬的柳树，还不值这一点钱吗？

就是普通的商品，譬如四毛钱买一双袜子，一块钱买三罐香烟，如果撇开了资本吸收利润这一点来说，付出的代价跟取得的享受总有点抵不过似的，因为每样物品都是最可贵的劳力的化身，而付出的代价怎样来的却未必每个人没有问题。

柳树离开了一会儿地土，种下去过了三四天，叶子转黄，都软软地倒垂了；但枝条还是绿的。半个月后就是小春天气，接连十几天的暖和，枝条上透出许多嫩芽来；这尤其叫人放心，现在吹过了几阵西风，节令已交小寒，这些嫩芽枯萎了，然而清明时节必将有一树新绿是无疑的。到了夏天，繁密的柳叶正好代替凉棚，遮护这小小的天井：那又合于家庭经济原理了。

柳树以外我又在天井里种了一棵夹竹桃，一棵绿梅，一条紫藤，一丛蔷薇，一个芍药根，以及叫不出名字来的两棵灌木；又有一棵小刺柏，是从前住在这里的人家留下来的。天井小，而我偏贪多；这几种东西长大起来，必然彼此都不舒服。我说笑话，我安排下一个"物竞"的场所，任它们去争取"天择"吧。那棵绿梅花蕾很多，明后天有两三朵开了。

蛛丝与梅花

——林徽因

真真地就是那么两根蛛丝，由门框边轻轻地牵到一枝梅花上。就是那么两根细丝，迎着太阳光发亮……再多了，那还像样吗。一个摩登家庭如何能容蛛网在光天白日里作怪，管它有多美丽，多玄妙，多细致，够你对着它联想到一切自然造物的神工和不可思议处；这两根丝本来就该使人脸红，且在冬天够多特别！可是亮亮的，细细的，倒有点像银，也有点像玻璃制的细丝，委实不算讨厌，尤其是它们那么洒脱风雅，偏偏那样有意无意地斜着搭在梅花的枝梢上。

　　你向着那丝看，冬天的太阳照满了屋内，窗明几净，每朵含苞的，开透的，半开的梅花在那里挺秀吐香，情绪不禁迷茫缥缈地充溢心胸，在那刹那的时间中振荡。同蛛丝一样的细弱，和不必需，思想开始抛引出去；由过去牵到将来，意识的，非意识的，由门框梅花牵出宇宙，浮云沧波踪迹不定。是人性，艺术，还是哲学，你也无暇计较，你不能制止你情绪的充溢，思想的驰骋，蛛丝梅花竟然是瞬息可以千里！

好比你是蜘蛛，你的周围也有你自织的蛛网，细致地牵引着天地，不怕多少次风雨来吹断它，你不会停止了这生命上基本的活动。此刻"……一枝斜好，幽香不知甚处……"

拿梅花来说吧，一串串丹红的结蕊缀在秀劲的傲骨上，最可爱，最可赏，等半绽将开地错落在老枝上时，你便会心跳！梅花最怕开；开了便没话说。索性残了，沁香拂散，同夜里炉火都能成了一种温存的凄清。

记起了，也就是说到梅花，玉兰。初是有个朋友说起初恋时玉兰刚开完，天气每天的暖，住在湖旁，每夜跑到湖边林子里走路，又静坐幽僻石上看隔岸灯火，感到好像仅有如此虔诚地孤对一片泓碧寒星远市，才能把心里情绪抓紧了，放在最可靠最纯净的一撮思想里，始不至亵渎了或是惊着那"寤寐思服"的人儿。那是极年轻的男子初恋的情景，——对象渺茫高远，反而近求"自我的"郁结深浅——他问起少女的情绪。

就在这里，忽记起梅花。一枝两枝，老枝细枝，横着，虬着，描着影子，喷着细香；太阳淡淡金色地铺在地板上：四壁琳琅，书架上的书和书签都像在发出言语；墙上小对联记不得是谁的集句；中条是东坡的诗。你敛住气，简直不敢喘息，踮起脚，细小的身形嵌在书房中间，看残照当窗，花影摇曳，你像失落了什么，有点迷惘。又像"怪东风着意相寻"，有点儿没主意！浪漫，极端的浪漫。"飞花满地谁为扫？"你问，情绪风似的吹动，卷过，停留在惜花上面。再回头看看，花依旧嫣然不语。"如此娉婷，谁人解看花意"，你更沉默，几乎热情地感到花的寂寞，开始怜花，把同情统统诗意地交给了花心！

　　这不是初恋，是未恋，正自觉"解看花意"的时代。情绪的不同，不只是男子和女子有分别，东方和西方也甚有差异。情绪即使根本相同，情绪的象征，情绪所寄托，所栖止的事物却常常不同。水和星子同西方情绪的联系，早就成了习惯。一颗星子在蓝天里闪，一流冷涧倾泻一片幽愁的平静，便激起他们诗情的波涌，心里甜蜜地，热情地便唱着由那些鹅羽的笔锋散下来的"她的眼如同星子在暮天里闪"，或是"明丽如同单独的那颗星，照着晚来的天"，或"多少次了，在一流碧水旁边，忧愁倚下她低垂的脸"。惜花，解花太东方，亲昵自然，含着人性的细致是东方传统的情绪。

此外年龄还有尺寸，一样是愁，却跃跃似喜，十六岁时的，微风零乱，不颓废，不空虚，踮着理想的脚充满希望，东方和西方却一样。人老了脉脉烟雨，愁吟或牢骚多折损诗的活泼。大家如香山，稼轩，东坡，放翁的白发华发，很少不梗在诗里，至少是令人不快。话说远了，刚说是惜花，东方老少都免不了这嗜好，这倒不论老的雪鬓曳杖，深闺里也就攒眉千度。

　　最叫人惜的花是海棠一类的"春红"，那样娇嫩明艳，开过了残红满地，太招惹同情和伤感。但在西方即使也有我们同样的花，也还缺乏我们的廊庑庭院。有了"庭院深深深几许"才有一种庭院里特有的情绪。如果李易安的"斜风细雨"底下不是"重门须闭"也就不"萧条"得那样深沉可爱；李后主的"终日谁来"也一样地别有寂寞滋味。看花更须庭院，常常锁在里面认识，不时还得有轩窗栏杆，给你一点凭借，虽然也用不着十二栏杆倚遍，那么慵弱无聊。

　　当然旧诗里伤愁太多：一首诗竟像一张美的证券，可以照着市价去兑现！所以庭花，乱红，黄昏，寂寞太滥，时常失却诚实。西洋诗，恋爱总站在前头，或是"忘掉"，或是"记起"，月是为爱，花也是为爱，只使全是真情，也未尝不太腻味。就以两边好的来讲，拿他们的月光同我们的月色比，似乎是月色滋味深长得多。花更不用说了；我们的花"不是预备采下缀成花球，或花冠献给恋人的"，却是一树一树绰约的，个性的，自己立在情人的地位上接受恋歌的。

所以未恋时的对象最自然的是花，不是因为花而起的感慨，——十六岁时无所谓感慨，——仅是刚说过的自觉解花的情绪。寄托在那清丽无语的上边，你心折它绝韵孤高，你为花动了感情，实说你同花恋爱，也未尝不可，——那惊讶狂喜也不减于初恋。还有那凝望，那沉思……

一根蛛丝！记忆也同一根蛛丝，搭在梅花上就由梅花枝上牵引出去，虽未织成密网，这诗意的前后，也就是相隔十几年的情绪的联络。

午后的阳光仍然斜照，庭院阒（qù）然，离离疏影，房里窗棂和梅花依然伴和成为图案，两根蛛丝在冬天还可以算为奇迹，你望着它看，真有点像银，也有点像玻璃，偏偏那么斜挂在梅花的枝梢上。

民国二十五年（1936）新年漫记

红槿花开

—— 李修文

晚来风急，很快，山间便下起了大雨，而后层雾突至，又当空高悬，将远处的山巅笼罩于内，使得满山的树木和竹林变成了忏悔的童子，全都安安静静地跪拜在一场巨大的神迹之下。然而，在这天远地偏的广东深山里，我的道路才刚刚开始——我要去的地方，是一座小镇子，小镇子上正在拍戏，拍戏的导演要我去帮忙，得令之时，我早已囊空如洗，所以，赶紧便飞奔前来了，下了火车，转了汽车，再雇上拉客的摩托车送我继续赶路，哪知道没走多远，那年轻的骑手眼看着大雨即将落下，说什么也不肯再送我了，最后，我只好深一脚浅一脚地步行着向前，满山里独我一人，大雨当头浇淋之后，我怀疑我走错了路。据说，我要去的小镇子坐落在一片山谷里，遮掩着它的四面山峰上全都开满了红槿花，可是，此刻，身在大雨里的我只看见了远处田野上的木槿花，可能是品种不同，花期未到，每棵树上都只有零星的一朵两朵。

倒回去一千多年，我走的这条路，贬谪到海南崖州的唐朝宰相李德裕也走过，同样的红槿花，他也目睹过——说起这李德裕，绝非凡俗人物。《旧唐书》里说他："德裕以器业自负，特达不群，好著书为文，奖善嫉恶，虽位极台辅，而读书不辍。"他本是名相李吉甫之子，年纪轻轻便已被召为翰林学士，为避父嫌，甘入藩镇幕府，每到一地却都政声卓著，最终，于文宗、武宗两朝拜相。担任宰相期间，定藩镇，抑权阉，整肃吏治，数攻回鹘，所谓"会昌中兴"，唯赖一人而已。只可惜，武宗逝，宣宗继位，"牛李党争"之恶果再度显现：在宦官的支持下，李德裕被五贬为崖州司户，闻讯后，天下百姓莫不悲痛震骇，有"八百孤寒齐下泪，一时回首望崖州"之句流传于海内。然而，君命难收，和"哀故都之日远"的屈原一样，李德裕只好抱病前往自己的被贬之地，未抵崖州，人却已经几度险些丧命，其时，正好是红槿花开的季节：

岭水争分路转迷，桄榔椰叶暗蛮溪。

愁冲毒雾逢蛇草，畏落沙虫避燕泥。

五月畲田收火米，三更津吏报潮鸡。

不堪肠断思乡处，红槿花中越鸟啼。

正所谓：时来天地皆同力，运去英雄不自由。这位被梁启超认作足堪与管仲、商鞅比肩的一代良相，一旦踏上贬谪之路，只能做回那个举目无亲的垂垂老翁，流水阻路，桄榔遮日，瘴气覆盖了哀愁，蛇草却丛生在目力所及之处，树上的沙虫时刻觊觎着过路人的性命，连燕子衔在口中的泥巴落下都足以令他大惊失色。就算如此，此一首诗中，最让人不堪再读的，还是末尾处的"不堪肠断思乡处，红槿花中越鸟啼"，其中"越鸟"一词出自《古诗十九首》之《行行重行行》，是为"胡马依北风，越鸟巢南枝"，大意是，北马南去，依旧长依北风，而那百越之鸟哪怕在北方筑下了巢窝，它也还是将筑窝所在当作了南方的枝头。虽说河北赞皇人李德裕来自北地，此时，他也唯有将自己托身为尚未北飞的越鸟，只可惜，君恩到底断绝，西望长安多少回，家在长安西更西，这只失群之鸟只能继续自己的贬谪之路，最终，他将在此行的目的地崖州含悲而逝。

贬谪之路上，因为越往前走越近蛮荒，和李德裕一样，柳宗元也得时刻提防那些不期而遇的杀机，在给故旧李建的信中，他写道："仆闷即出游，游复多恐，涉野有蝮虺大蜂，仰空视地，寸步劳倦，近水即畏射工沙虱，含怒窃发，中人形影，动成疮痏。"虽然沈德潜在

《唐诗别裁》里说，柳宗元作诗，"长于哀怨，得骚之余意"。但是，依我看，恰恰是在漫长的贬谪中，在此前闻所未闻的杀机之下，柳诗一洗空泛，字字变银钩，句句作铁绳，舍出命去抓紧了绑牢了眼前所见，人至此境，风云意气已经化作无边落日。当初的新榜少年而今日服三坛猛药，再看眼前，上天之心顿消，入地却有容我知我之所，黑即是黑，白即是白，流水即是流水，石头即是石头，纵算性情尚在，孤峭冷硬尚在，所谓"海畔尖山似剑芒，秋来处处割愁肠"，再落笔时，荒僻贬地已经助他另择了字句，看到了什么，他说出的便是什么：

> 城上高楼接大荒，海天愁思正茫茫。
> 惊风乱飐芙蓉水，密雨斜侵薜荔墙。
> 岭树重遮千里目，江流曲似九回肠。
> 共来百越文身地，犹自音书滞一乡。

宋朝的黄庭坚，也是在贬谪之路上才一竿子打落了心神里的千劫万劫。早年的黄庭坚作诗，说他是前人身上的寄生虫似的也不过，不管是"拔毛能济世，端为谢杨朱"，还是"要似虎头痴，何须樗（chū）里瘿（yǐng）"，如此词句，真算是处处咀古遍遍嚼典，他甚至曾自谓："取古人之陈言入于翰墨，如灵丹一粒，点石成金也。"终不料，曾任史官的黄庭坚因为在《神宗实录》里写有"用铁龙爪治河，有同儿戏"之语，几欲被打入天牢，最终被贬作涪州别驾，后又因避亲移往了戎州，至此，身世之苦海刚刚拍浪而来，词句的苦海却给他送来了靠岸的渡口——此后端倪，恰如其师苏轼所言：人生如逆旅，我亦是行人；又如前朝元稹所言：昔日戏言身后意，今朝都到眼前来。这涪州和戎州再也不是别的，它们是骡子，是马，是离岸舟，是隔溪猿，是哭或将哭声吞下去，是病或病去如抽丝，如此，水桶终于落入了井底，石头也总算从水下露了出来，一如他自戎州前往岳阳楼之后写下的《雨中登岳阳楼望君山》：

投荒万死鬓毛斑，生入瞿塘滟滪关。
未到江南先一笑，岳阳楼上对君山。

到了黄庭坚再贬鄂州，写下《寄贺方回》之时，此身看似已了，已了之中，又有多少了不得：贺方回（贺铸），与黄庭坚和秦少游（秦观）皆为至交，作有《青玉案》一词，其中"飞云冉冉蘅皋暮，彩笔新题断肠句。试问闲愁都几许？一川烟草，满城风絮，梅子黄时雨"几句，更是秦少游终生心头之所好，恨不得占其为己有；然而，为贺方回写诗之时，秦少游早已在滕州撒手西游，西游之前，秦少游曾于梦中得词《好事近》，词中有"醉卧古藤阴下，了不知南北"，几可算得上对自身命数的一语成谶。而与此同时，贺方回的《青玉案》正传唱于天下，这诸多的因缘，都在世上运转交错。所以，它们看似闲锅冷灶，打开来一看，铁锅里其实有沸水滚滚。然而，未了之中，我，黄庭坚，自号山谷道人，还是要住在那万缘了结之处，沸水也好，浊浪也罢，就算你惊涛拍岸，我也要你自行磨平，再将你当作一面可照可不照的镜子。如此，江南和滕州，少游与方回，还有沸水与浊浪，面对你们，我只有淡淡的几句：

少游醉卧古藤下，谁与愁眉唱一杯。
解作江南断肠句，只今唯有贺方回。

一如此刻深山大雨里的我——那满山的红槿花到底是看不见，而如注之雨却毫不停歇，雾气也越来越大，脚下的道路在雾气和灌木丛中时隐时现，好几次，我都误入了歧途，站在一朵两朵的红槿花前不知何从。别无他法，我也只好强迫自己当自己就是那黄庭坚，惊风密雨又如何？我要你们自行磨平。而我，我已经扑灭了妄念，抱紧了顺受，这一条贬谪之路，更及巴山楚水，再及剑门阳关，更多的贬谪路上，从来都没缺少过如我此刻般的狼藉之人。因此，从狼藉里长出的诗和红槿花也从来没有断绝过，更何况，一旦踏上这条路，昔日的冠盖、朝服和春梦就都早已被打碎。反倒是，路人要做友人，友人要做兄弟，是兄弟，便要在此时彻底交换了骨血，就像刘长卿所言："猿啼客散暮江头，人自伤心水自流。同作逐臣君更远，青山万里一孤舟。"就像元稹所言："远信入门先有泪，妻惊女哭问何如。寻常不省曾如此，应是江州司马书。"至于我，我已经定下了心神，凑近在几朵快要坠下枝头的红槿花看了又看之后，我抹去了脸上的雨水，再独自向前，心里头却忍不住去狂想：只要在这条路上走下去，或早或晚，也许，说不定，会有一个同路人，乃至是过命的兄弟在等着我？

说起贬谪路上过命的兄弟，就非得要说起柳宗元和刘禹锡——这一对难兄难弟。同一年进士及第，又同一年登博学鸿词科，彼时便已相见恨晚，等到两人的而立之年刚过，再一并跟随王叔文参与了"永贞革新"，只可惜，这场革新一百零八天便宣告失败，王叔文被赐死，柳宗元和刘禹锡等八人先是被贬做边地刺史，途中又再贬为各地司马。至此，幻梦消亡，真身显露，来处逐我，去处又似住非住，可以托命的，唯有困坐在愁云与惨雾里的彼此。所以，哪怕远隔了千万城郭与山水，柳子厚与刘梦得，他们也要给对方写诗，唯有如此，他们的血，才算真正涌入了对方的身体。实际上，诗里写的，不过也都是些寻常小事，譬如子厚问："今日临岐别，何年待汝归？"梦得便答："会待休车骑，相随出尉（wèi）罗。"子厚再提议："皇恩若许归田去，岁晚当为邻舍翁。"梦得即呼应："耦耕若便遗身老，黄发相看万事休。"

　　如此十年，倏忽而过，十年之后，两个人一起奉诏还京，刘禹锡满身的骨头仍然没有折断，写下了著名的"桃花诗"，其中的"玄都观里桃千树，尽是刘郎去后栽"一句，触怒当朝，且连累了柳宗元，两人一并被再行发配。可是，因为刘禹锡上有高龄老母在堂，断断再不能去那穷山恶水之地，柳宗元竟数次上表，请求朝廷撤回成命，允许其与刘禹锡对调。最后，终于有人感其所行，将刘禹锡改贬至连州，而柳宗元却也再次被贬到了柳州。其后，两人照旧唱和不断，直至柳宗元暴毙身亡。柳宗元死前，一无所语，临闭眼，才连呼梦得之名。乍闻子厚死讯，侍候着母亲的灵柩，正好北行至衡阳的梦得竟"惊号大作，发狂如病"："呜呼子厚！卿真死矣。终我此生，无相见矣。何人不达，使君终否。何人不老，使君夭死。皇天后土，胡宁忍此。"面对子厚留下的遗孤周六，梦得更是立下誓言："誓使周六，同于已子。魂兮来思，知我深旨。"——无论从何处去看，这一篇《祭柳员外文》都是真正伤心之人的伤心之文。

在衡阳的湘水边，生性孤高的刘梦得早已失魂落魄，然而，此处却不是他处，他与柳子厚的最后一次相见，最后一次分别，全都在这里。此时之桃李春风，如露如电，过往之歃血金兰，似是而非。但是，为了料理柳子厚的丧事，他只能当平常人，做平常事，再写下平常的诗投掷于茫茫江水之中：

> 忆昨与故人，湘江岸头别。
> 我马映林嘶，君帆转山灭。
> 马嘶循古道，帆灭如流电。
> 千里江蓠春，故人今不见。

这刘禹锡，真正是贬谪路上的金刚不坏之身，平生得年七十一，被贬在外二十三，所谓"巴山楚水凄凉地，二十三年弃置身"。可是，他偏要一挑双眉，作如此说："今日听君歌一曲，暂凭杯酒长精神。"是啊，在其一生中，除了提及柳宗元，他顿时便要黯然无言，其他时候，管他谗言如浪深，管他迁客似沙沉，他全都朗声大笑，再来一句："千淘万漉虽辛苦，吹尽狂沙始到金。"我在诵读其诗其文时，常觉伸手一探，便能触摸到他树瘿一般的犟直，其诗也紧贴其人。于其诗，白居易甚至说："其锋森然，少敢当者，予不量力，往往犯之，夫合应者声同，交争者力敌，一往一复，欲罢不能。"有时候，他浑似黑铁，坐地成丘，有怒气，更添正气，雪月风花只好绕道而行，即便沉落江底也绝非随波逐流之辈，反倒安之若素，直至化作了江底的一座庙；有时候，他又像是从黑铁里钻出来的一只鹤，破门而出，远上云霄，时刻引人踮起脚尖看向天际处，鹤唳九天之时，人人都能觉出自己体内奔涌的一团精气，还有天地之间回荡的一股真气。渐渐地，那只鹤，人到是看不见了，它却早已掉头回返，落于山林翠竹之间，再羽扇纶巾地作如此言：

自古逢秋悲寂寥，我言秋日胜春朝。
晴空一鹤排云上，便引诗情到碧霄。

这刘禹锡，究竟何以能够如此？千百年来，不少人皆有高论，要我说，首先便是因为他的心性实在是天生激昂，其曾自谓："我本山东人，平生多感慨。"这激昂之气颇似近代之鲁迅，到死也"一个都不宽恕"。别的不说，单说那第二首"桃花诗"，作此诗时，离他上回被贬出京已经十四年，哪里知道，刚回长安，他便兴高采烈地去了玄都观，面对如今已经被菟葵和燕麦覆盖的所在，直至面对所有过去的宿敌，他仍要送给他们一声冷笑："种桃道士归何处？前度刘郎今又来。"如此心性，不难想象在长达二十三年的贬谪生涯里，明月之下，豪雨当中，又有哪一天，诸多忧愤与慷慨不会发作和喷溅？可是，那两处荒僻贬地，朗州和连州，它们到底托住了他，及至彼处的野草与荆榛、行歌与白帆、新郎官和旧胜迹，这些全都托住了他——原本，就好似强压在山底的猛兽，好不容易逃出生天，满心想要作魔作妖，殊不料，上得山去，潜行于山间密林之时，一道闪电当空将他击中，竟至于口不能言，稍后又突有所悟：原来，这满山野果，曾经饱暖了我的肚腹；这无边旷野，既给过我无上清凉，更是此后我隐身的所在。如此，他便安静了，他便匍匐在地了，因为自此之后，这山林，这旷野，全都变作了他的朝堂；自此之后，他要去除僻字，直求面目，既要"片言可以明百意，坐驰可以役万景"，更要一是一，二是二，东边日是东边日，西边雨是西边雨，果真如此了，那一身的忧愤与慷慨便偃旗息鼓了吗？当然没有，它们不过是变作了初生之婴孩，回到了草木溪水边重新生长，时候一到，它们便要在玄都观里再度发作，直至最终，它们终会长成那只从黑铁里钻出来的鹤。

就像此刻里仍然在山间奔走的我，也不知道跌跌撞撞走了多久，终于，大雨变作了小雨，小雨渐至于无。而后，几乎就在转瞬之间，迎面山巅上的浓雾开始了消失，整个天地像是刚刚得到过甘露的洗涤，绿的更绿，白的更白，未被摧折的红槿花们也浑似一团团小小的火焰，这些火焰之下的枝头上，还悬挂着残存的雨珠，如果之前的大雨也有性命，也遭贬谪，这残存的一滴两滴，莫不就是它们所写贬诗中的一句两句？闲话打住，好消息是：当浓雾散尽，我这才看见，我要抵达的镇子，就坐落在它们消失之处的山底下，离我已经不到三里路，在那镇子的四周，以及更高处的四面山峰上，果然全都开满了红槿花。

这一条苦楚的路，终于来到了它要结束的地方，我当然深吸了一口气，再加快了步子往镇子上走。可是，走了几步，又忍不住停下，忍不住回头，眼前虽说一无所见，我却分明听见了这一路念及之人的空谷足音，不仅仅他们，还有更多，在更加辽阔的山河里，刘长卿刚刚登上干越亭："越鸟岂知南国远，江花独向北人愁。"欧阳修才在岳阳渡口的树下系好行船："正见空江明月来，云水苍茫失江路。"还有大庾岭上的宋之问："阳月南飞雁，传闻至此回。我行殊未已，何日复归来。"而我，我只能站在这里，祝他们一路顺风，再祝他们所经之处也有火焰一般的红槿花。之后，我还要怀揣着一颗侥幸之心，去赶路，去谋生，只因为：我又怎么会知道，有一天，当我离开了这个镇子，我是不是会重新变作贬谪途中的失路之人？

以有形写无形

美学大师蒋勋的文章《好的画，通常都有气味》，我是一读再读的，因为可以触类旁通，从中悟出许多写作的道理。蒋勋先生似乎是一位对气味情有独钟的大师，他写过《气味其实是有生命的》，还写过《家应该是有气味的地方》。他说："嗅觉像是一种注定的遗憾，它在现实里，都要消失，却永远存留在记忆里。"但其实，气味不仅能够永远留在记忆里，它还能唤醒记忆。这其实就是心理学上著名的普鲁斯特效应，科学家们发现，只要闻到以前闻过的味道，就能回想起与之相关的那段记忆。

　　气味和记忆，都是我们写作素材的宝藏。可是经常有同学向我抱怨说，气味是最难描写的，因为气味无形无态，看不见摸不着。确实，这不仅仅是你一个人的难题，连科学家都无法定量描述气味。颜色可以用 RGB 三原色定义，声音可以用分贝来测量，味道可以用分子式表示，可独独这个气味，科学家都会束手无策。

　　气味的确不好正面描述，不过没关系，我们不一定要直接描写气味本身。我们可以让视觉、听觉、味觉、触觉齐上阵来描绘情境、层层渲染，**也可以通过人物的生理反应和情感体验来侧面烘托**。比如说，垃圾桶上堆溢出来的碎骨头烂菜叶、苍蝇不间断的嗡嗡声、桶壁上黏糊糊的触感，都能用来烘托恶臭的气味。更不用说，还有周遭的人纷纷掩鼻，一脸厌恶的神情，避之唯恐不及。

　　除了如实描写，我们还可以通过比喻或拟人化的修辞手法来赋予气味独特的个性和鲜活的生命力。比如汪曾祺先生写栀子花香："栀子花粗粗大大，又香得掸都掸不开，于是为文雅人不取，以为品格不高。栀子花说：'去你妈的，我就是要这样香，香得痛痛快快，你们他妈的管得着吗！'"你看，仅凭这一句话，栀子花香的浓烈粗放可谓是深入人心了。

　　以有形写无形，看不见摸不着的气味也能写得形象鲜活，生动可感。

——密斯於

好的画，通常都有气味

——蒋　勋

你知道，凡·高在 Arles（阿尔勒）画的画，几乎都有麦田的气味，看着看着，好像把一束麦穗放在齿间咀嚼，麦粒上还带着被夏天的日光暴晒过的气味。

有些画家的画是没有气味的，画海没有海的气味，画花没有花的气味，徒具形式，很难有深刻的印象。

我觉得，元朝的王蒙，他的画里就有牛毛的气味。有一次，在上海美术馆看他的《青卞隐居图》，我闭着眼睛，那些停留在视觉上的毛茸茸、蜷曲躁动的细线，忽然变成一种气味。

好像童年在屠宰场上，看到横倒死去的牛只，屠夫正用大桶烧水，将水浇在皮毛上。毛就一片片竖立起来，骚动着，好像要从死去的身体上独自挣扎着活过来。

绘画并不只是依靠视觉吧。莫奈晚年，因为白内障失明，失去了视觉。但是那一时期，他作画没有中断，好像依凭着嗅觉与触觉的记忆在画画。一张一张的画，一朵一朵的莲花，从水里生长起来，含苞的蓓蕾，倒映水中，柳梢触碰水面，漾起一圈圈涟漪。

我在那画里听到水声，触摸到饱满的花苞，我嗅到气味，Giveny（吉维尼）水塘里清清阴阴的气味，莫奈并不只是用视觉在画画。

视觉只是画家所有感官的窗口吧？开启这扇窗，你就开启了眼、耳、鼻、舌、身，你的视觉、听觉、嗅觉、味觉、触觉，也都一起活跃了起来。

我去普罗旺斯的时候，是为了感觉塞尚画里的气味。那条通往维克多的山路，塞尚为了写生，走了二十年。我走进那一条山路，远远可以听到海风，海风里有海的气味。和故乡潮湿咸腥的海不同，那里的海，气味比较干燥清爽，比较安静，是地中海的气味。我一路走下去，空气里有松树皮辛香的气味，有一点橄榄树木的青涩的气味。

在塞尚画过的废弃的采石场，我嗅到了热烈过后冷冷的荒凉气味，有堆积的矿土和空洞孔穴的气味。塞尚的画里，有岩石粗粝的触觉的质感，有听觉里海与松林的风声，但是，这一次，我纯粹为了寻找它的气味而来。

许多艺术工作者，是带着气味的记忆，去写诗，去跳舞，去画画，去作曲，去拍摄电影的。没有生命的气味，其实很难有真正动人的作品。你记得波德莱尔的《恶之花》吗？我读他的诗，总觉得有浓郁的南方豆蔻或榴莲的气味，有热带女人浓密头发里郁闷的气息。

诗，竟也是一种气味吗？那么音乐呢？

德彪西的音乐，总是有非常慵懒的海风和云的气味，有希腊午后阳光的气味，有遥远的古老岁月神话的气味。拉威尔就好像多了一点鲜浓的番红花与茴香的气味。如果没有这些气味，艺术便不像"母亲""童年"或"故乡"了。我们说过，"母亲""童年"和"故乡"都充满了气味。

像你在南方，闭着眼睛，深深吸了一口气，把整个海洋的气味吸到身体里了。海在你的肺叶里，海在你的皮肤上，海充盈了你身体每一个细胞的空隙。海占领了你的视觉、听觉，海包围着你，从心里压迫着你，使你心里哽咽着。有一天，你要写诗，你要画画，你要歌唱或舞蹈起来，那海，就在你心里澎湃回荡起来，不是你去寻找它，而是它铺天盖地而来，包围着你，渗透着你，激动着你，令人无法自拔。

艺术家只属于一个国度，便是感官的国度；艺术家只有一个国籍，便是心灵的国籍。

你要走向那感官的国度，去经历比生死更大的冒险吗？我不是在说写诗、画画、作曲、舞蹈，我不是在说一切与艺术有关的形式。我说的是"感官"，是打开你的视觉，开启你的听觉，用全部的身体去感觉气味、重量、质地、形状、色彩；是在成为艺术家之前，先为自己准备丰富的人的感觉。那些真实的感觉，真实到没有好坏，没有美丑，没有善恶，它们只是真实的存在。

像一只蜜蜂寻找花蜜，它专注于那一点蜜的存在，没有旁骛，没有妄想。

古代的希腊是重视运动的，运动员在竞技之前，在身上涂满厚厚的橄榄油，油渍沁到皮肤里，经过阳光照晒，透出金黄的颜色。竞技之后，皮肤上的油渍，混合了剧烈运动流出的汗水，混合了尘土泥垢，结在皮肤上。因此，古代希腊人发明了一种青铜制的小刮刀，提供给竞技后的运动员，可以用来刮去身上的油渍泥垢。

我看过一尊大理石的雕像，一名运动员站立着，一手拿着刮刀，正在细心刮着垢。那尊石像，竟然有气味，橄榄油的、汗液的、泥垢的肉体，隔了两千年，仍然散发着青春男体运动后大量排汗的健康活泼的体嗅。

气味变成如此挥之不去的记忆！

希腊神话与史诗，都是有气味的。牧神的身上，有着浓烈呛鼻的山羊的骚味。人马兽有着马厩和皮革的气味。盔甲之神伏尔甘一定有铁匠作坊的气味，有铁在高温煅烧冶炼时刚烈的气味。至于爱神维纳斯，希腊人叫她阿芙洛狄忒，她其实充满了海洋蚌蛤的气味，头发里则缠着海藻，在波提切利（Botticelli）的画里，她就有清新温暖的海洋的气味。要晚到威尼斯画派以后，提香（Titian）这一类画家，才在她身上用了香皂沐浴，又喷洒了香水乳液，涂抹了精油，希腊神话原始自然的朴素气味才被另一种奢华的气味掩盖了。

傅抱石先生的画

—— 老 舍

傅先生的画是属于哪一派系，我对国画比对书法更外行。可是，我真爱傅先生的画！他的画硬得出奇……昔在伦敦，我看见过顾恺之的《烈女图》。这一套举世钦崇的杰作的好处，据我这外行人看就是画得硬。他的每一笔都像刀刻的。从中国画与中国字是同胞兄弟这一点上看，中国画理应最会用笔。失去了笔力便是失去了中国画的特点。从艺术的一般的道理上说，为文为画的雕刻也永远是精胜于繁，简劲胜于浮冗。顾恺之的画不仅是画，它也是艺术的一种根本的力量。我看傅先生所画的人物，便也有这种力量。他不仅仅要画出人物，而是要由这些人物表现出中国字与中国画的特殊的，和艺术中一般的，美的力量。他的画不是美的装饰，而是美的原动力。

　　有人也许说：傅先生的画法是墨守成规，缺乏改进与创作。我觉得这里却有个不小的问题在。我喜欢一切艺术上的改造与创作，因为保守便是停滞，而停滞便引来疾病。可是在艺术上，似乎有一样永远不能改动的东西，那便是艺术的基本的力量。假若我们因为改造而失掉这永远不当舍弃的东西，我们的改造就只虚有其表，劳而无功。让我拿几位好友的作品做例子来说明吧！我希望他们不因我的信口乱说而恼了我！赵望云先生以数十年的努力做到了把现代人物放到中国山水里面，而并不显得不谐调：这是很大的功绩！但是假若我们细看他的作品，我们便感觉到他短少着一点什么，他会着色，很会用墨，也相当会构图，可是他缺乏着一点什么。什么呢？中国画所应特具的笔力……他的笔太老实，没有像刀刻一般的力量。他会引我们到"场"上去，看到形形色色的道地中国人，但是他并没能使那些人像老松似的在地上扎进根去。我们总觉得过了晌午，那些人便都散去而场上落得一无所有！

再看丰子恺先生的作品吧！他的大幅的山水或人物简直是扩大的漫画。漫画，据我这外行人看，是题旨高于一切，抓到了一个"意思"，你的幽默讽刺便立刻被人家接受，即使你的画法差一点也不太要紧，子恺先生永远会抓到很好的题旨，所以他的画永远另有风趣，不落俗套。可是，无论作大画还是小画，他一律用重墨，没有深浅。他画一个人或一座山都像写一个篆字，圆圆满满的上下一边儿粗，这是写字，不是作画，他的笔相当的有力量，但是因为不分粗细，不分浓淡，而失去了绘画的线条之美。他能够力透纸背，而不能潇洒流动。也只注意了笔，而忽略了墨。再看关山月先生的作品。在画山水的时候，关先生的笔是非常的泼辣，可是有时候失之粗犷。他能放，而不能敛。"敛"才足以表现力量。在他画人物的时候，他能非常的工细，一笔不苟，可是他似乎是在画水彩画。他的线条仿佛是专为绘形的，而缺乏着独立的美妙。真正的好中国画是每一笔都够我们看好大半天的。谢趣生先生，还有不少的致力于以西法改造中国画的先生们，也差不多犯了这个毛病。他们善用西画取景的方法设图而把真的山水人物描绘下来，可是他们的笔力很弱，所以只能叫我们看见一幅美好的景色，而不能教我们从一线一点之中找到自然之美与艺术之美的联结处；这个联结处才是使人沉醉的地方！

以上所提及的几位先生都是我所钦佩的好友。我想他们一定不会因为我的胡说而生我的气。他们的改造中国绘事的企图与努力都极值得钦佩，可是他们的缺欠似乎也不应当隐而不言。据我看，凡是有意改造中国绘画的都应当：第一，去把握到中国画的笔力，有此笔力，中国画才能永远与众不同，在全世界的绘事中保持住他特有的优越与崇高；第二，去下一番功夫学西洋画，有了中国画的笔力，和西洋画的基本技巧，我们才真能改造现时代的中国画艺。你看，林风眠先生近来因西画的器材太缺乏，而改用中国纸与颜色作画。工具虽改了，可是他的作品还是不折不扣的真正西洋画，因为他致力于西洋画者已有二三十年。我想，假若他若有意调和中西画，他一定要先再下几年功夫去学习中国画。不然便会失去西洋画，而也摸不到中国画的边际，只落个劳而无功。

话往回说，我以为傅先生画人物的笔力就是每个中国画家所应有的。有此笔力，才有了美的马达，腾空潜水无往不利矣。可是，国内能有几人有此笔力呢？这就是使我们在希望他从事改造创作之中而不能不佩服他的造诣之深了。

傅先生不仅画人物，他也画山水，在山水画中，我最喜欢他的设色，他会只点了一个绿点，而使我们感到那个绿点是含满了水分要往下滴出绿的露！他的"点"，正如他的"线"，是中国画特有的最好的技巧，把握住这点技巧，才能画出好的中国画，能画出好的中国画，才能更进一步地改造中国画，我们不希望傅先生停留在已有的成功中，我们也不能因他还没有画时装的仕女而忽视了他已有的成功。

三幅画

——宗 璞

戊辰龙年前夕，往荣宝斋去取裱的字画。在手提包里翻了一遍，不见取物字据。其实原字据已莫名其妙地不知去向，代替的是张挂失条，而连这挂失条也不见了。

业务员见我懊恼的样子，说，拿走吧，找着以后寄回来就行了。

我们高兴地捧了字画回家。一共五幅，两幅字三幅画，一幅幅打开看时，甚生感慨，现只说这三幅画。

三幅画均出自汪曾祺的手笔。

老实说，在1986年以前，我从不知汪曾祺擅长丹青，可见是何等的孤陋寡闻。原只知他不只写戏还能演戏，不只写小说散文还善旧诗，是个多面手。20世纪40年代初，西南联大同学上演《家》。因为长兄钟辽扮演觉新，我去看过戏。有两个场面印象最深：一是高老太爷过世后，高家长辈要瑞珏出城生产，觉新在站了一排的长辈面前的惶恐样儿。哥哥穿一件烟色长衫，据说很潇洒。我只为觉新伤心，以后常常想起那伤心；一是鸣凤鬼魂下场后，老更夫在昏暗的舞台中间，敲响了锣，锣声和报着更次的暗哑声音回荡在剧场里，现在眼前还有那老更夫的模样，耳边还有那声音，涩涩的，很苦。

老更夫是汪曾祺扮演的。

时光一晃过了四十年。20 世纪 80 年代初，《钟山》编辑部要举办太湖笔会，从苏州乘船到无锡去。万顷碧波，洗去了尘俗烦恼，大家都有些忘乎所以。我坐在船头上乘风破浪，十分得意，不断为眼前景色欢呼。汪兄忽然递过半张撕破的香烟盒纸，上写着一首诗："壮游谁似冯宗璞，打伞遮阳过太湖，却看碧波千万顷，北归流入枕边书。"我曾要回赠一首，且有在船诸文友相助，乱了一番，终未得出究竟。而汪兄这首游戏之作，隔了五年清晰地留在我记忆中。

1986 年春，偶往杨周翰先生家，见壁悬画图，上栖一只松鼠，灵动不俗。得知乃汪兄大作时，不胜惊异。

又有一幅极秀的字，署名上官碧，又不知这是沈从文先生笔名。杨先生则为我的无知而惊异，笑说，你怎么什么都不知道。

实在是的，我常处于懵懂状态，这似乎是一种习惯。不过一经明白，便有行动，虽然还是拖了许久。初夏时，我修书往蒲黄榆索画，以为一年半载后可得一张。

不想一周内便来了一幅斗方。两只小鸡，毛茸茸的，歪着头看一串紫红色的果子，很可爱。果子似乎很酸，所以小鸡在啄磨吧。

这画我喜欢，但不满意，怀疑汪兄存有哄小孩心理，立即表态：不行不行，还要还要！

第二幅画也很快来了。这是一幅真正的赠给同行的画，红花怒放，下衬墨叶，紧靠叶下有字云："人间存一角，聊放侧枝花，临风亦自得，不共赤城霞。"画中花叶与诗都在一侧，留有大片空白，空白上有烟灰留下的一个小洞。曾嘱裱工保留此洞，答称没有这样的技术。整个画面在临风自得的恬淡中，却有一种活泼的热烈气氛。父亲看不见画，听我念诗后，大为赞赏，说用王国维的标准来说，这诗便是不隔。何谓不隔？物与我浑然一体也。

这时我已满意，天下太平，不再生事。不料秋末冬初时，汪兄忽又寄来第三幅画。这是一幅水仙花，长长的挺秀的叶子，顶上几瓣素白的花，叶用蓝而不用绿，花就纸色不另涂白。只觉一股清灵之气，自纸上透出。一行小字：为纪念陈澂莱而作，寄与宗璞。

把玩之际，不觉唏嘘。谢谢你。汪曾祺！

澂莱乃我挚友，和汪兄也相识。20世纪50年代最后一年，澂莱与我一同下放在涿鹿县。当时汪兄在张家口一带，境况比我们苦得多了。一次开什么会，大家穿着臃肿的大棉袄在塞上相见。我仍是懵懵懂懂，见了不认识的人当认识，见了认识的人当不认识。

澂莱常纠正我，指点我这人那人都是谁；看我见了汪兄发愣，苦笑道，汪曾祺你也不认识！

澂莱于1971年元月在寒冷的井中直落九泉之下，迄今不明缘由。我曾为她写了一篇《水仙辞》的小文。现在谁也不记得她了，连我都记不准那恐怖的日子，汪兄却记得水仙花的譬喻，为她画一幅画，而且说来年水仙花发，还要写一幅。

从前常有性情中人的说法，现在久不见这词了。我常说的"没有真性情，写不出好文章"的大白话，也久不说了。性情中人不一定写文章，而写出好文章的，必有真性情。

汪曾祺的戏与诗，文与画，都隐着一段真性情。

三幅画放到 1987 年才送去裱，到 1988 年春节才取回。在家里翻手提包，那挂失条竟赫然在焉。我只能笑自己的糊涂。

歌 声

——朱自清

昨晚中西音乐歌舞大会里"中西丝竹合唱"的三曲清歌，真令我神迷心醉了。

　　仿佛一个暮春的早晨，霏霏的毛雨默然洒在我脸上，引起润泽，轻松的感觉。新鲜的微风吹动我的衣袂，像爱人的鼻息吹着我的手一样。我立在一条白矾石的甬道上，经了那细雨，正如涂了一层薄薄的乳油；踏着只觉越发滑腻可爱了。

　　这是在花园里。群花都还做她们的清梦。那微雨偷偷洗去她们的尘垢，她们的甜软的光泽便自焕发了。在那被洗去的浮艳下，我能看到她们在有日光时所深藏着的恬静的红，冷落的紫，和苦笑的白与绿。以前锦绣般在我眼前的，现有都带了黯淡的颜色——是愁着芳春的消歇么？是感着芳春的困倦么？

　　大约也因那蒙蒙的雨，园里没了浓郁的香气。涓涓的东风只吹来一缕缕饿了似的花香；夹带着些潮湿的草丛的气息和泥土的滋味。园外田亩和沼泽里，又时时送过些新插的秧，少壮的麦，和成荫的柳树的清新的蒸气。这些虽非甜美，却能强烈地刺激我的鼻观，使我有愉快的倦怠之感。

看啊，那都是歌中所有的：我用耳，也用眼、鼻、舌、身，听着；也用心唱着。我终于被一种健康的麻痹袭取了。于是为歌所有。此后只由歌独自唱着，听着；世界上便只有歌声了。

画 展

——闻一多

我没有统计过我们这号称抗战大后方的神经中枢之一的昆明，平均一个月有几次画展，反正最近一个星期里就有两次。重庆更不用说，恐怕每日都在画展中，据前不久从那里来的一个官说，那边画展热烈的情形，真令人咋舌（不用讲，无论哪处，只要是画展，必是国画）。这现象其实由来已久，在我们的记忆中，抗战与风雅似乎始终是不可分离的，而抗战愈久，雅兴愈高，更是鲜明的事实。

　　一个深夜，在大西门外的道上，和一位盟国军官狭路相逢，于是攀谈起来了。他问我这战争几时能完，我说："这还得问你。"

　　"好吧！"他爽快地答道，"战争几时开始，便几时完结。"事后我才明白他的意思是说，只要他们真正开始反攻，日本是不值一击的。一个美国人，他当然有资格夸下这海口。但是我，一个中国人，尤其当着一个美国人面前，谈起战争，怎么能不心虚呢？我当时误会了他的意思，但我是爱说实话的。反正人家不是傻子，咱们的底细，人家心里早已是雪亮的，与其欲盖弥彰，倒不如自己先认了，所以我的答话是"战争几时开始？你们不是早已开始了吗？没开始的只是我们"。

　　对了，你敢说我们是在打仗吗？就眼前的事例说，一面是被吸完血的某某编成"行尸"的行列，前仆后继地倒毙在街心，一面是"琳琅满目""盛况空前"的画展，你能说这不是一面在"奸污"战争，一面在逃避战争吗？如果是真实而纯洁的战争，就不怕被正视，不，我们还要用钟爱的心情端详它，抚摩它，用骄傲的嗓音讴歌它。唯其战争是因被"奸污"而变成一个腐烂的、臭恶的现实，所以你就不能不闭上眼睛，掩着鼻子，赶紧逃过，逃得愈远愈好，逃到"云烟满纸"的林泉丘壑里，逃到"气韵生动"的仕女前……反之，逃得愈远，心境愈有安顿，也愈可以放心大胆地让双手去制造血腥的事实。既然"立地成佛"有了保证，屠刀便不妨随时拿起，随时放下，随时放下，随时拿起。原来某一类说不得的事实和画展是互为因果的，血腥与风雅是一而二，二而一罢了。诚然，就个人说，成佛的不一定亲手使过屠刀，可是至少他们也是帮凶与窝户。如果是借刀杀人，让旁人担负使屠刀的劳力和罪名，自己干没了成佛的实惠，其居心便更不可问了。你自命读书明理的风雅阶级，说得轻点，是被利用，重点是你利用别人，反正你是逃不了责任的！

艺术无论在抗战或建国的立场下，都是我们应该提倡的，这点道理并不只你风雅人士们才懂得。但艺术也要看哪一种，正如思想和文学一样，它也有封建的与现代的，或复古的与前进的（其实也就是那人道与非人道）之别。你若有良心，有魄力，并且不缺乏那技术，请站出来，学学人家的画家，也去当个随军记者，收拾点电网边和战壕里的"烟云"回来，或就在任何后方，把那"行尸"的行列速写下来，给我们认识认识点现实也好，起码你也该在随便一个题材里多给我们一点现代的感觉，八大山人，四王，吴恽，费晓楼，改七芗，乃至吴昌硕，齐白石那一套，纵然有他们的历史价值，在珂罗版片中也够逼真的了，用得着你们那笨拙的复制吗？在这复古气焰高涨的年代，自然正是你们扬眉吐气的时机，但是小心不要做了破坏民族战斗意志的奸细，和危害国家现代化的帮凶！记着我的话，最后裁判的日子必然来到，那时你们的风雅就是你们的罪状！

文化类作文题如何巧选材？

近年来，文化类作文题频频见于中高考试卷，尤其是在 2022 年 4 月教育部颁布的语文新课标里将文化自信列于核心素养之首，文化类作文更是成为中高考作文命题的一大必考母题。然而，很多同学一见文化类作文题就发怵，究其原因，在于吃不透文化内涵，找不准选材角度。其实，只要学会巧选材，就能写好文化类作文。

首先，**选题的切口要小**。一提到文化，同学们通常就只能联想到传统文化、儒家文化、红色文化，还有饮食文化等等这些非常宽泛的概念，自己不熟悉不了解，自然也就无法驾驭。文化类母题看似宏大，我们的选题却应该从小切入，**以小见大，从一件事或者从一个物品出发**，去展现中国博大精深的文化，去传达我们的文化自信。切口越小，就越容易写好、写实、不空洞。

以 2022 年重庆中考题半命题作文《＿＿里的文化》为例，有同学首先想到写《饮食里的文化》，可是饮食文化这个选题可谓是包罗万象，饮食结构、饮食审美、饮食器皿……每个分支都是可以著书立说的，在一篇作文里怎么可能写深写透呢？于是这位同学修改为《节令美食里的文化》，缩小了选题切口，内容也就便于展开了，比如可以写春节吃的饺子、端午节吃的粽子、元宵节吃的汤圆……然而，节令美食这么多，限于篇幅不能面面俱到，不能深入展开，作文的内容还是会流于空泛。我建议这位同学继续缩小选题切口，最后，他将题目确定为《青团里的文化》。青团是江南人家在清明节吃的一道传统特色小吃，这个选题新颖又具体，可以从青团的制作场景、色香味、历史典故、青团诗句等几个方面展开来探究其中的文化内涵，既有色香味的生动描绘，又有趣味盎然的典故故事，还有"开锅绿翡翠，遥知青团来"的诗文引用，这篇作文可谓是内容充实、立意隽永了。

其次，选材的范围要大。文化其实是无处不在的，就像这个单元的选篇，昆曲里有文化，戏院里有文化，甚至叶笛里也都有文化，只要你有一双愿意去发现的眼睛，有一颗愿意去探究的心。除了传统文化之外，别忘了还有流行文化哟，譬如，你可以写歌词里的文化、汉服热里的文化，重点是我们要拓宽自己的选题思维，找到自己最熟悉最擅长的话题切入。

好的选题是作文成功的一半。文化类作文巧选题，你也能写出文采、写出深度、写出内涵。

——密斯於

我的昆曲之旅

——白先勇

很小的时候我在上海看过一次昆曲，那是抗战胜利后的第二年梅兰芳回国首次公演，在上海美琪大戏院演出。美琪是上海首轮戏院，平日专门放映西片，梅兰芳在美琪演昆曲是个例外。抗战八年，梅兰芳避走香港留上胡子，不肯演戏给日本人看，所以那次他回上海公演特别轰动，据说黑市票卖到一条黄金一张。观众崇拜梅大师的艺术，恐怕也带着些爱国情绪，景仰他的气节，抗战刚胜利，大家还很容易激动。梅兰芳一向以演京戏为主，昆曲偶尔为之，那次的戏码却全是昆曲：《思凡》《刺虎》《断桥》《游园惊梦》。很多年后昆曲大师俞振飞亲口讲给我听，原来梅兰芳在抗战期间一直没有唱戏，对自己的嗓子没有太大把握，皮黄戏调门高，他怕唱不上去，俞振飞建议他先唱昆曲，因为昆曲的调门比较低，于是才有俞梅珠联璧合在美琪大戏院的空前盛大演出。我随家人去看的，恰巧就是《游园惊梦》。从此我便与昆曲，尤其是《牡丹亭》结下不解之缘。小时候并不懂戏，可是《游园》中《皂罗袍》那一段婉丽妩媚，一唱三叹的曲调，却深深地印在我的记忆中，以致许多年后，一听到这段音乐的笙箫管笛悠然扬起就不禁怦然心动。

第二次在上海再看昆曲，那要等到四十年后的事了。一九八七年我重返上海，恰好赶上"上昆"演出《长生殿》三个多小时的版本，由蔡正仁、华文漪分饰唐明皇与杨贵妃。戏一演完，我纵身起立，拍掌喝彩，直到其他观众都已散去，我仍痴立不舍离开。"上昆"表演固然精彩，但最令我激动不已的是，我看到了昆曲——这项中国最精美、最雅致的传统戏剧艺术竟然在遭罹过"文革"这场大浩劫后还能浴火重生，在舞台上大放光芒。当时那一种感动，非比寻常，我感到经历一场母体文化的重新洗礼，民族精神文明的再次皈依。大唐盛世，天宝兴宝，一时呈现眼前。文学上的联想也一下子牵系上杜甫的《哀江头》，白居易的《长恨歌》："人生有情泪沾臆，江水江花岂终极""天长地久有时尽，此恨绵绵无绝期"。等到乐队吹奏起《春江花月夜》的时刻，真是到了令人"情何以堪"的地步。

从前看《红楼梦》，元妃省亲，点了四出戏：《家宴》《乞巧》《仙缘》《离魂》，后来清楚原来这些都是昆曲，而且来自当时流行的传奇本子：《一捧雪》《长生殿》《邯郸梦》，还有《牡丹亭》。曹雪芹成书于乾隆年间，正是昆曲鼎盛之时，上至王卿贵族如贾府，下至市井小民，对昆曲的热爱，由南到北，举国若狂。苏州是明清两代的昆曲中心，万历年间，单苏州一郡的职业演员已达数千之众，难怪贾府为了元妃省亲会到姑苏去买一班唱戏的女孩子回来。张岱在《陶庵梦忆》里记载了每年苏州虎丘山中秋夜曲会大比赛的盛况，与会者上千，喝彩声雷动，热闹非凡。当时昆曲清唱是个全民运动，大概跟我们现在台湾唱卡拉 OK 一样盛行，可见得中国人也曾是一个爱音乐爱唱歌的民族。由明万历到清乾嘉之间，昆曲独霸中国剧坛，足足兴盛了两百年，其流传之广，历时之久，非其他剧种可望其项背。而又因为数甚众的上层文人投入剧作，便将昆曲提升为"雅部"，成为雅俗共赏的一种精致艺术。与元杂剧不同，明清传奇的作者倒有不少是进士及第，做大官的。曹雪芹的祖父曹寅也写过传奇《续琵琶》，可见得当时士大夫阶级写剧本还是一件雅事。明清的传奇作家有七百余人，作品近两千种，存下来的也有六百多，数量相当惊人，其中名著如《牡丹亭》《长生殿》《桃花扇》等早已成为文学经典。但令人惊讶不解的是，昆曲曾经深入民间，影响我国文化如此之巨，这样精美的表演艺术，到了民国初年竟然没落得几乎失传成为绝响，职业演出只靠了数十位"昆曲传习所"传字辈艺人在苦撑，抗战一来，那些艺人流离失所，昆曲也就基本上从舞台消失。战后梅兰芳在上海的那次盛大昆曲演出，不过是灵光一现。

南京在明清时代也曾是昆曲的重镇。《儒林外史》第三十回写风流名士杜慎卿在南京名胜地莫愁湖举办唱曲比赛大会，竟有一百三十多个职业戏班子参加，演出的旦角人数有六七十人，而且都是上了装表演的，唱到晚上，"点起几百盏明角灯来，高高下下，照耀如同白日。歌声缥缈，直入云霄"。城里的有钱人闻风都来捧场，雇了船在湖中看戏，看到高兴的时候，一个个齐声喝彩，直闹到天明才散。这一段不禁教人看得啧啧称奇，原来乾隆年间南京还有这种场面。夺魁的是芳林班小旦郑魁官，杜慎卿赏了他一只金杯，上刻"艳夺樱桃"四个字。这位杜十七老爷，因此名震江南。金陵是千年文化名城，明太祖朱洪武又曾建都于此，明清之际，金陵人文荟萃，亦是当然。

一九八七年重游南京，我看到了另一场精彩的昆曲演出：江苏昆曲剧团张继青的拿手戏《三梦》——《惊梦》《寻梦》《痴梦》。我还没有到南京以前，已经久闻张继青的大名，行家朋友告诉我："你到南京，一定要看她的《三梦》。"隔了四十年，才得重返故都，这个机会，当然不肯放过。于是托了人去向张继青女士说项，总算她给面子，特别演出一场。那天晚上，我跟着南京大学的戏剧前辈陈白尘与吴白匋两位老先生一同前往。二老是戏曲专家，知道我热爱昆曲，颇为嘉许。陈老谈到昆曲在大陆式微，愤愤然说道："中国大学生都应该以不看昆曲为耻！"开放后，中国大学生大概都忙着跳迪斯科去了。当晚在剧院又巧遇在南京讲学的叶嘉莹教授，叶先生是我在台大时的老师，我曾到中文系去旁听她的古诗课程，受益甚大。叶先生这些年巡回世界各地讲授中国古典文学，抱着兴灭继绝的悲愿，在华人子弟中，散播中国传统文化的根苗。那天晚上，我便与这几位关爱中国文化前途的前辈师长，一同观赏了杰出昆曲表演艺术家张继青的《三梦》。

张继青的艺术果然了得，一出《痴梦》演得出神入化，把剧中人崔氏足足演活了。这是一出高难度的做工戏，是考演员真功夫的内心戏，张继青因演《痴梦》名震内外。《痴梦》是明末清初传奇《烂河山》的一折，取材于《汉书·朱买臣传》，及民间马前泼水的故事。西汉寒儒朱买臣，年近半百，功名未就，妻崔氏不耐饥寒，逼休改嫁，后来朱买臣中举衣锦荣归，崔氏愧悔，然而覆水难收，破镜不可重圆，最后崔氏疯痴投水自尽。这是一出典型中国式的伦理悲剧：贫贱夫妻百事哀。如果希腊悲剧源于人神冲突，中国悲剧则起于油盐柴米，更近人间。朱买臣休妻这则故事改成戏剧也经过不少转折。《汉书·朱买臣传》，崔氏改嫁后仍以饭饮接济前夫，而朱买臣当官后，亦善待崔氏及其后夫，朱买臣夫妇都是极厚道极文明的，但这不是悲剧的材料。元杂剧《朱太守风雪渔樵记》最后却让朱买臣夫妇团圆，变成了喜剧。还是传奇《烂柯山》掌握了这则故事的悲剧内涵，但是在《昆曲大全》老本子的《逼休》一折，崔氏取得休书后，在大雪纷飞中竟把朱买臣逐出家门，这样凶狠的女人很难演得让观众同情，江苏昆剧团的演出本改得最好，把崔氏这个爱慕虚荣、不耐贫贱的平凡妇人刻画得合情合理，恰如其分，让张继青的精湛演技发挥到淋漓尽致。她能把一个反派角色演得最后让人感到其情可悯，其境可悲，这不是件容易的事，这就要靠真功夫了。张继青演《烂柯山》中的崔氏，得自传字辈老师傅沈传芷的真传。沈传芷家学渊源，其父是"昆曲传习所"有"大先生"尊称的沈月亭，他自己也是个有名的"戏包袱"，工正旦。张继青既得名师指导，又加上自己深刻琢磨，终于把崔氏这个人物千变万化的复杂情绪，每一转折都能准确把握投射出来，由于她完全进入角色，即使最后崔氏因梦成痴，疯疯癫癫，仍让人觉得那是真的，不是在做戏。《烂柯山》变成了张继青的招牌戏，是实至名归。我们看完她的《痴梦》，大家叹服，叶嘉莹先生也连声赞好。

在南京居然又在舞台上看到了《游园惊梦》！人生的境遇是如此之不可测。白天我刚去游过秦淮河、夫子庙，亦找到了当年以清唱著名的得月台戏馆，这些名胜正在翻修，得月台在秦淮河畔，是民国时代南京红极一时的清唱场所，当年那些唱京剧、唱昆曲的姑娘，有的飞上枝头，变成了大明星、官太太。电影明星王熙春便是清唱出身的。得月台，亦是秦淮水榭当年民国时代一瞬繁华的见证。我又去乌衣巷、桃叶渡，参观了"桃花扇底送南朝"李香君的故居媚香楼。重游南京，就是要去寻找童年时代的足迹。我是一九四六年战后国民政府还都，跟着家人从重庆飞至南京的，那时抗战刚胜利，整个南京城都荡漾着一股劫后重生的兴奋与喜悦，渔阳鼙（pí）鼓的隐患，还离得很远很远。我们从重庆那个泥黄色的山城骤然来到这六朝金粉的古都，到处的名胜古迹，真是看得人眼花缭乱。我永远不会忘记爬到明孝陵那些庞然大物的石马石象背上那种亢奋之情，在雨花台上我挖掘到一枚胭脂血红晶莹剔透的彩石，跟随了我许多年，变成了我对南京记忆的一件信物。那年父亲率领我们全家到中山陵谒陵，爬上那三百九十多级石阶，是一个庄严的仪式。多年后，我才体会得到父亲当年谒陵，告慰国父在天之灵抗日胜利心境。四十年后，天旋地转，重返南京，再登中山陵，看到钟山下面郁郁苍苍，满目河山，无一处不蕴藏着历史的悲怆，大概是由于对南京一份特殊的感情，很早时候便写下了《游园惊梦》，算是对故都无尽的追思。台上张继青扮演的杜丽娘正唱着《皂罗袍》：

> 原来姹紫嫣红开遍
> 似这般都付与断井颓垣
> 良辰美景奈何天
> 便赏心乐事谁家院

在台下，我早已听得魂飞天外，不知道想到哪里去了。

离开南京前夕，我宴请南京大学的几位教授，也邀请了张继青，为了答谢她精彩的演出。宴席我请南大代办，他们却偏偏选中了"美龄宫"。"美龄宫"在南京东郊梅岭林园路上，离中山陵不远，当年是蒋夫人宋美龄别墅，现在开放，对外营业。那是一座仿古宫殿式二层楼房，依山就势筑成，建筑典雅庄重，很有气派，屋顶是碧绿的琉璃瓦，挑角飞檐，雕梁画栋，屋外石阶上去，南面是一片大平台，平台有花砖铺地，四周为雕花栏杆。台北的圆山饭店就有点模仿"美龄宫"的建筑。宴席设在楼下客厅，这个厅堂相当大，可容纳上两百人。陈白尘、吴白匋几位老先生也都到了，大家谈笑间，我愈来愈感到周围的环境似曾相识。这个地方我来过！我的记忆之门突然打开了。应该是一九四六年的十二月，蒋夫人宋美龄开了一个圣诞节"派对"，母亲带着四哥跟我两人赴宴，就是在这座"美龄宫"里，客厅挤满了大人与小孩，到处大红大绿，金银纷飞，全是圣诞节的喜色。蒋夫人与母亲她们都是民初短袄长裙的打扮，可是蒋夫人宋美龄穿上那一套黑缎子绣醉红海棠花的衣裙就是要比别人好看，因为她一举一动透露出来的雍容华贵，世人不及。小孩子那晚都兴高采烈，因为有层出不穷的游戏，四哥抢椅子得到冠军，我记得他最后把另外一个男孩用屁股一挤便赢得了奖品。那晚的高潮是圣诞老人分派礼物，圣诞老公公好像是黄仁霖扮的，他背着一个大袋子出来，我们每个人都分到一只小红袋的礼物。袋子里有各色糖果，有的我从来没见过。

那只红布袋很可爱，后来就一直挂在房间里装东西。不能想象四十年前在"美龄宫"的大厅里曾经有过那样热闹的场景。我一边敬南大老先生们的酒，不禁感到时空彻底地错乱，这几十年的变迁把历史的秩序全部打乱了。宴罢我们到楼上参观，蒋夫人宋美龄的卧居据说完全维持原状。那一堂厚重的绿绒沙发仍旧是从前的摆设，可是主人不在，整座"美龄宫"都让人感到一份人去楼空的静悄，散着一股"宫花寂寞红"的寥落。

这几年来，昆曲在台湾有了复兴的迹象，长年来台湾昆曲的传承徐炎之先生及他弟子们一直在努力，徐炎之在各大学里辅导的昆曲社便担任了传承的任务。那是一段艰辛的日子，我亲眼看到徐老先生为了传授昆曲在大太阳下骑着脚踏车四处奔命，那是一幅令人感动的景象。两岸开放后，在台湾有心人士樊曼侬、曾永义、洪惟助、贾馨园等人大力推动下，台湾的昆曲欣赏有了大幅度的发展，大陆六大昆班都来台湾表演过了。每次都造成轰动。有几次在台湾看昆曲，看到许多年轻观众完全陶醉在管笛悠扬、载歌载舞中，我真是高兴：台湾观众终于发觉了昆曲的美，其实昆曲是最能表现中国传统美学抒情、写意、象征、诗化的一种艺术，能够把歌、舞、诗、戏糅合成那样精致优美的一种表演形式，在别的表演艺术里，我还没有看到过，包括西方的歌剧芭蕾，歌剧有歌无舞，芭蕾有舞无歌，终究有点缺憾。昆曲却能以最简单朴素的舞台，表现出最繁复的情感意象来。试看看张继青表演《寻梦》一折中的"忒忒令"，一把扇子就扇活了满台的花花草草，这是象征艺术最高的境界，也是昆曲最厉害的地方。二十世纪的中国人，心灵上总难免有一种文化的飘落感，因为我们的文化传统在这个世纪被连根拔起，伤得不轻。昆曲是中国现存最古老的一种戏剧艺术，曾经有过如此辉煌的历史，我们实在应该爱惜它，保护它，使它的艺术生命延续下去，为下个世纪中华文化全面复兴留一枚火种。

叶 笛

—— 缪崇群

我没有听过芦笙是一种什么音调，却曾读过关于吹芦笙的故事；不过内容也不大记得清楚了，好像与纤纤玉手打钢琴，或是大珠小珠落玉盘的那般雅乐无关，而是一种充满了田野气，落落大方的原始的呼号。我想属于所谓"天籁"范畴之内的，应该包括着芦笙和吹芦笙这一类的故事。自然，更好的如山歌，打夯，拉纤，力夫们那种吭唷曲……

　　这里的牛，在颈上所系的那种铁铃铛的叮咚声响，也似乎是自然在奏着牧歌，叙说着牧歌里的故事。我爱好牧歌，所以我也爱好石屏如同是在牧歌里的一个地方。这里没有芦笙，我却常常听到吹叶子的——我叫它叶笛，我想大致和芦笙也很相近吧。

　　《云南通志》里有一段关于石屏的记载说：

　　"少年子弟，暮夜游行巷间，吹芦笙或吹树叶子，声韵之中，皆寄情言，用相呼召。"

引证本可到此为止，为使我的牧歌故事生根，那下面原有的两句，也应该补足：

"嫁娶之夕，私夫悉来相送；既嫁有犯，男子格杀勿论。"

照原文上看来，原始的爱，似乎已经钉上私占的铁记了，不，谁能说爱不也是从一种血淋淋的斗争中得来的？男子杀掉一个要求爱的妻子，或是自己被妒嫉而杀于他人之手，这是罪过吗？牧歌也是饱含着悲剧的成分的。

来在这么一个地方我竟不会吹叶子——并不是希冀着杀谁或被谁杀死，或寄什么情言——甚至于怎样把叶子吹响，我也不甚体会，真是抱憾极了！仿佛把一片绿绿的树叶子夹在手缝和唇间边吹边唱着，于是呜呜地似鸣似诉地道出一支歌，一首诗，不，传出它的情言。

这种声音会把人带进芦笙的故事里去，所以我才把它叫作叶笛。

每次听见年轻的人们吹起树叶子，我便知道不是课毕便是假日了。那声响给我带来了松闲和愉快。我探首窗外，望见树叶和树叶间隙的蓝天，睁着无数无数的蓝色的眼。我好像已经把心身整个安顿在一个歌谣的世界里。原始的呼号，在招徕着原始的爱抚。

为爱情被杀的，谁敢断定他的心灵已经死亡？爱，不是已经渗透了每一片树叶子，使它们绿油油地发着生，生，生的微光吗？它不说话，它却贴紧着无数个男子们的嘴唇，悠悠地吟诵了它的欲求和失望的历程。

有一次在一个热闹的集会里，"吹叶子"也占了一个精彩的节目。当演讲，唱歌，舞蹈……之后，那两个平时我看着极沉默的学生，起来表演吹叶子了。不像吹，不像唱，也不像歌和诉……那颤颤的音调，正好像微波轻轻击着寂寂无人迹的花香草长的岸缘似的。也好像为我打开了一重门，我又望见了门外的青春了。

在这里我本是"先生"，可是我不曾即兴地对他们说教着一堂人生的课程：

青春时代的一切，不管是欢愉还是苦闷，那都是生命中的一种绝响，不再重复也不能重复了。**男性的爱，可以使每一片树叶子发着响声，女人们——花吗？一阵风间，一眨眼时，已经飘零满地了。**

我与书艺

——台静农

近年来常有年轻人来问我怎样学写字，或怎样能将字写好。我总答道：我虽喜爱此道，却不是此道内行，这往往使对方失望，或不满意以为我故弄玄虚，殊不知我说的是真话。我喜欢两周大篆、秦之小篆，但我碰都不敢碰，因我不通六书，不能一面检字书一面临摹。研究魏晋人书法，自然以阁帖为经典，然从辗转翻刻本中摸索前人笔意，我又不胜其烦。初唐四家树立了千余年来楷书规范，我对之无兴趣，未曾用过功夫。我若以我写《石门颂》与倪鸿宝要青年人也如此，这岂不是误人？再说我之耽悦此道，是中年以后的事，中年以前虽未玩弄毫墨，在所知所见的方面自不同于青年人。黄山谷诗云："俗书喜作兰亭面，欲换凡骨无金丹。"鄙人凡骨凡夫，不敢妄求金丹，也就贸然走上自家喜悦的道路，这于青年人是不足为训的。

三年前被邀举行一次字展，友人就要为我印一专集，虽然觉得能印出也好，却想写几幅自以为还可的给人家看看，拖延至今，竟写不出较为满意的。适有港友赠以丈二宣纸，如此巨幅，从未写过，实怯于下笔。转思此纸既归我有，与其久藏污损，不如豁出去罢。于是奋笔濡墨，居然挥洒自如，所幸尔时门铃未响，电话无声，不然，那就泄气了。这幅字带给我的喜悦，不是字的本身，而是年过八十，腕力还能用，陆放翁云："老子犹堪绝大漠。"不妨以之解嘲。

专集既已编成，例应有一序言，可是自家动笔，说好说坏，都不得体。若如怀素和尚，述自挟艺"西游上国，谒见当代名公"，凡所赠诗文皆一一举出，大肆炫耀，后来冬心先生好像也有类似的自序。此种体制在有真本领而兀傲玩世者为之，人或赏其恢诡，但决不能作为范本。我的自序还是自白式的好，简单明了，虽无才华，而老实可嘉，兹附录在本文之末。

序文中引了颜之推的《家训·杂艺篇》的话，他是身历南北朝至隋统一才死的，一千几百年前的人了。他的先世从梁武帝朝起工书法的就有数人，直到他的裔孙颜真卿，以书法影响至今。可是之推个人却主张"真草书迹，微须留意""不必过精"，以免"常为人役使，更觉为累。韦仲将遗戒，深有宜也"。韦仲将是韦诞，他的"遗戒"是怎样的？据晋人卫恒《四体书势》云：

（魏）明帝立凌霄观，误先钉榜，乃笼盛诞，辘轳长絙引上，使就题之。去地二十五丈，诞甚危惧，乃戒子孙，绝此楷法，著之家令。

这故事又见《世说·巧艺》，不过《巧艺》云韦诞写了以后"头鬓皓然"，未免夸张。颜之推的《杂艺篇》另记了一事：

王褒地胄清华，才学优敏，后虽入关，亦被礼遇。犹以书工，崎岖碑碣之间，辛苦笔砚之役，尝悔恨曰：使吾不知书，可不至今日邪？

王褒与庾信同是梁亡之后，流落北朝的文士，颜之推与之时代接近。"书工"一词，大概是当时通称，甚合"为人役使"的身份。韦王两公还是一时名士，则一般的"书工"被役使的情形，必有甚于此者。所不可解的，千数百年前如此，千数百年后的今时还是如此，这给我的感受非常之深，本想打算退休后，玩玩书艺，既以自娱，且以娱人，偶有润笔，也免却老年窘迫向朋友告贷。没想到我的如意算盘并不如意，别人对我看法，以为退休了，没有活做了，尽可摆出写字摊子，以艺会友，非关交易，该多高雅。这么一来，老牛破车不胜其辛苦了。近年使我烦腻的是为人题书签，昔人著作请其知交或同道者为之题署，字之好坏不重要，重要的在著者与题者的关系，声气相投，原是可爱的风尚。我遇到这样情形，往往欣然下笔，写来不觉流露出彼此的交情。相反的，供人家封面装饰，甚至广告作用，则我所感到的比放进笼子里挂在空中还要难过。有时我想，宁愿写一幅字送给对方，他只有放在家中，不像一本书出入市场或示众于书贩摊上。学生对我说："老师的字常在书摊上露面。"天真地分享了我的一分荣誉感。而我的朋友却说："土地公似的，有求必应。"听了我的学生与朋友的话，只有报之以苦笑。《左传》成公二年中有一句话"人生实难"，陶渊明临命之前的自祭文竟拿来当自己的话，陶公犹且如此，何况若区区者。话又说回来了，既"为人役使"，也得有免于服役的时候。以退休之身又服役了十余年，能说不该"告老"吗？准此，从今一九八五年始，一概谢绝这一差使，套一句老话："知我罪我"，只有听之而已。下面便是我的书艺集序：

七十四年元月

余之嗜书艺，盖得自庭训，先君工书，喜收藏，目濡耳染，浸假而爱好成性。初学隶书《华山

碑》与邓石如，楷行则颜鲁公《麻姑仙坛记》及
《争座位》，皆承先君之教。尔时临摹，虽差胜童
子描红，然兴趣已培育于此矣。后求学北都，耽悦
新知，视书艺为玩物丧志，遂不复习此。然遇古今
人法书高手，未尝不流览低回。抗战军兴，避地入
蜀，居江津白沙镇，独无聊赖，偶拟王觉斯体势，
吾师沈尹默先生见之，以为王书"烂熟伤雅"。于
胡小石先生处见倪鸿宝书影本，又得张大千兄赠以
倪书双钩本及真迹，喜其格调生新，为之心折。顾
时方颠沛，未之能学。战后来台北，教学读书之
余，每感郁结，意不能静，惟时弄毫墨以自排遣，
但不愿人知。然大学友生请者无不应，时或有自喜
者，亦分赠诸少年，相与欣悦，以之为乐。自大学
退休后，外界知者渐多而求者亦众，斯又如颜之推
云："常为人所役使，更觉为累。"四十年来，虽
未能精此一艺，然时日累聚，亦薄有会心。行草不
复限于一家，分隶则偏于摩崖，若云通会前贤，愧
未能也。因思平生艺事，多得师友启发之功，今师
友凋落殆尽，蟠然一叟，不知亦复能有所进否？书
端题署，系集吾师沈先生书，亦所以纪念吾师也。

教室·画框

——凌拂

在我的教室里，每一个方方的窗子，都是一幅画框，框里镶着的是飘动的云、碧蓝的天，还有爱开玩笑的风，和笑弯了腰的树，更有一支轻妙神秘的素手，时刻在勾勒着其微妙的气韵。

自教书以来，对于每一个曾属于我的教室，我都一分深深的爱恋，因为那每一个宽大的窗子，就像一幅时刻流动着精神与内涵深深的画面。教室里，我的教桌放置在后面倚窗的一个角落，课后，遣走了学生，室内是一片沉寂，幽独一隅，一抬眼，那窗里嵌着的是一片碧蓝的天，蓝天下是掩映在野菠萝叶影拂动中，微隐微现的海。拥满怀寂静，我就常在着静谧、碧蓝与风儿吹、叶影摇中，默坐良久，或想我的人生，思我的理想，或持一本诗集，任思维徜徉、撷取，动人处，我的心便有诗的落痕，诗上便也有我温热的眼神。偶尔抬眼，才讶异于风儿何时已为蓝天捎来了朵朵云儿的踪迹，海面也有些幽暗了，那在风里拂动的枝叶，更是不断地变换着美妙的身姿，在风里诉说着海天落日，与浩瀚空蒙。

另一面窗里则镶着厚实的山，山上没有丛密的林木。虽然，一些短短的小草，吃力地想覆满整个山头，可是由小草下微现的红土，与裸露的山崖，依然可以感觉得出海风的咸涩与凌厉；山上少有溪壑流泉，苍劲的山崖上，偶尔写着一株欲坠的小草，山的毕露和浩瀚苍茫的海相对，坐在教室里，我觉得除了气势浩然之外，那框里框着的山和海还给我一种太赤诚、太坦率的激情。春雨一起，框里立刻上了一层霏霏的雨雾，山罩上薄纱，显得飘逸了，天和海也灰溶溶的更深邃了，还有那每一幅框里，震得你心弦儿微动的轻雷，于是我觉得"雷声就像鼓点，海潮就是低诉的一把提琴，框里的雨滴，一阵急促，一阵低缓，该是千万只落在琴键上的素手了！"哦！整日满盈于耳目的是画，是诗，还是一首歌呢？

想起去年教书在八里乡下，学校坐落在观音山的山麓，有淡水河自山脚环绕，教室成"U"字形排列，校舍的简陋，掩映在绿树浓荫与乡情的淳朴下，显得隐逸而和谐，我的教室就在长廊的尽头，因此除了应有的两侧门窗外，在与讲台相对的一面墙上，我比别人多了一面宽大的窗户。教室的周围，满植着一片片的竹林；竹叶苍翠，林内浓荫幽暗；站在台上我又可以直视那枝干挺劲的榕树，望着那穿透隙缝，在叶梢间闪耀的金光，与淡水河里相映的波光细碎，当我持着书，带着学生念到："你划桨，我撑篙，欸乃一声过小桥"的当儿，我几乎可以感觉到摇橹的声音与激起的涟漪细纹。因此，我常想：那个时候，我也许不是一个太专心的老师，面对着那样的一副山光水色，书里恰又常有许多相宜精彩的小诗，当我为学生解说：

一叠叠的浮云，
一只只的飞鸟，
一弯弯的远山，
都在晴空倒映中。
……
湖面上，叶叶扁舟叶叶篷，
掩映着一叶叶的斜阳，
摇曳着一叶叶的西风。

我会忘情地指着那寂静的远山，与潺潺而流的河水，让学生也临流自照一番。而嵌在向北的窗子里的一片"漠漠水田，荫荫夏木"在燥热炎夏中，就更给人一种无限的和悦与清凉了。

为找好花我攀上了山岭，

湿寒透了单衣，

看不清，隔着雨，

山脚有座茶屋。

　　首次让山震得心底发出微微的节响，该是那年在竹仑山腰教书的日子，山上遍植着茶树，半山里空气总夹着一些湿蒙蒙的雾气，微云半掩的山顶，湿而欲睡的清芬，直使人觉得一股幽幽的沁凉，与山色的炫人。教室是依山而立，另一面则是溪壑流泉，静立窗前，可以看得见那维石严严，与来自绿茵丛中的溪水淙淙。我痴坐，久久地凝神，无限的清境，我的生活便充满了"云深不知处"与"身在此山中"的诗情、怡然。由窗口望去，"对着这，落花村，流水堤"，这是一幅格调高雅与内涵生动的画面，一勾一勒都流溢着一股清新、微妙的气韵，那个时候，我一直觉得竹仑山上的秋是掺着桂花的清芬，偕伴舞着清风而来的。清芬的画面，给人一种多微妙的含蓄与神秘。

　　"结庐在人境，而无车马喧"，浏览过每一幅大自然为我镶在窗框里的画面，才发现在尘嚣之外，原来我还拥有着一片宁静而澄明的境地；辽阔渺渺的碧空，山

川秀逸的观音山麓，与含蓄而凄迷的竹仑山腰，都一直
为我保持了一份闲适的心，翘首窗外，静观落花、水
流、风吹、树摇，心灵是一片澄静，一支歌、一首诗、
一幅画，就在心中慢慢地酝酿成熟了。

关于贝多芬

—— 丰子恺

1. 英雄的贝多芬

贝多芬的伟大，决不仅在于一个音乐家。他有对于人生的大苦闷与精练的美丽的灵魂，他是心的英雄。他的音乐就是这英雄心的表现。

在贝多芬稍前的时代，欧洲乐坛上的大圣是莫扎特。然莫扎特的音乐的价值，毕竟止于一种"音的建筑"，即仅因音乐的"美"而有存在的意义而已。至于贝多芬，则更有异彩，他的音乐是他的伟大的灵魂的表征。莫扎特的音乐是感觉的艺术，贝多芬的音乐是灵魂的声响。

他的全生涯中最伟大的作品《第九交响曲》，是全聋后的所作。聋子能做音乐，已是妙谈；而况所作的又是世间最伟大的杰品！可知这全是超越的灵的产物，只有能超越人生的大苦闷的精神的英雄，乃能得之。又可知命运对于人类，只能操纵怯弱懦夫，而无可奈何这伟大的精神的英雄。贝多芬的耳疾起于 28 岁的时候（1798年），自此至 57 岁（1827 年）逝世，其间的近三十年的日月，全是聋疾为祟的时期。然而大部分的作品却在这时期产生。直到入了全聋期，站在演奏台上听不见听众的拍掌声的时候，他仍是继续作曲，终于作出了最伟大的《第九交响曲》而搁笔。临终的时候，他口中还这样叫叹："唉！我只写了几个音符！"在这句话中可以窥见他的抱负的伟大。

贝多芬的《第五交响曲》标题为《命运交响曲》。贝多芬自己曾经指这曲的第一乐章的第一主题说："命运来叩门的声音，正是这样的。"

2. 狂徒的贝多芬

贝多芬对于世故人情，疏忽得很，又往往专横独断，藐视一世。表面看来简直是一个狂徒。所以除了能十分理解他、原谅他的人——以外，贝多芬没有知交的朋友。且对于寓居的旅舍的主人，常常冲突，至于激烈，故一年中必迁居数次。评论家形容他这横暴的性格，有这样的话："贝多芬是独自生活在无人的荒岛上，而一旦突然被带到欧洲的文明社会里来的人。"

这话把贝多芬的一面说得十分透彻。自来艺术家往往有浪漫不拘的行为，而贝多芬竟是一个极例。当时欧洲有名的钢琴家车尔尼有一天去访问他，看见他耳上缠着重重的纱布，蹲伏在室内。车尔尼出来对人说："这人不像欧洲第一大音乐家，倒颇像漂流在荒岛上的鲁滨逊。"

　　他常常用棉花蘸黄色药水，塞在耳中，外缠纱布。他颔上的须常常长到半英寸以上。头发似乎从来不曾接触过梳栉，麦束一般地矗立在头上。他曾经为了一盆汤做得不好，大动怒气，拿起来连盆投在旅舍主人的身上。他常常拔出蜡烛的芯子来当牙签用。又在上午，街上正热闹的时候，穿了寝衣，在靠街的窗口剃胡须，不管人家的注目与惊讶。有一次为了动怒，拿起一个开盖的墨水瓶来，投在钢琴的键盘上。他弹琴的时候，因为长久之后手指发热，常常在钢琴旁边放一盆冷水，弹到手指发热的时候，就把两手在冷水中一浸，然后继续弹奏。然而他的动作很乱暴，每逢弹一回琴，必洒一大摊的冷水在地板上，这冷水从地板缝中流下去，滴在下面的住人的寝床中。楼下的住人诘问这旅舍主人，旅舍主人对贝多芬说了几句话，贝多芬就动怒，立刻迁出这旅舍。

贝多芬的姿势极为丑陋。头大，身短，面上不容易有笑容，动作又极拙劣。有一次他也想学跳舞，然而他不会按了拍子而动。据传记者说，他的相貌他的表情常常是冷酷而苦闷。身长五英尺四英寸，肩幅极广，面上多痘疮疤，脸皮作赤茶色而粗糙，鼻硬而直。指短，且五指长短略等，手的背面长着很长的毛。头发多而黑，永不梳栉，永不戴帽，常常蓬头出外散步。起风的日子，他的头发就被吹得像火焰一般。人们在荒郊中遇见他，几疑为地狱中的恶魔。

凡此种种强顽暴怒的习气，都是因了他心中所怀抱的大苦闷而来的。而他的苦闷的源泉，全在于他所罹的聋疾。

贝多芬称莫扎特的断奏风格为指尖上的舞蹈。

贝多芬一生洁身自爱，他认为莫扎特写《唐璜 Don Giovanni》实在是有玷污其形象。

3. 苦恼的贝多芬

贝多芬在 1797 年的冬日的日记簿上这样记录着："身体无论怎样弱，我的心一定要征服它。我今年 27 岁了。我必须尽我所能，实现一切愿望。"

写了这段日记之后，不久就达到了剥夺他的后半生的幸福的肉体上的大苦痛。他的聋疾发生于 1798 年的夏日。

贝多芬的艺术生活，在十八九世纪的迭代期起一大变化。以前即是海顿和莫扎特的影响的时代，以后是自己的乐风独立的时代。十八九两世纪之交的数年间，贝多芬正在埋头于作曲中，对于自己的健康状态差不多全不注意。因这缘故，耳疾愈加重了。到了 1801 年，他在剧场中必须坐在第一排椅子上，方能听见歌手的唱声。

他在写给一个好友的信上这样说："你所亲爱的贝多芬，完全是一个不幸的人，他已经在和自然与神相冲突了！我常常诅咒神明。因为神明在拿他的所造物来当作自然界的极细微的事实奈何我所亲爱的一切事物，今已离去我了。像从前的没有耳病，是何等的幸福！倘得与从前一样地健听，我真要立刻飞奔来告诉你。然而我绝不能得到这欢喜了！我的青春已经长逝，青年时代的希望的实现，艺术上的铭记的完成，在我都已不可能。我只得悲极而放弃我的一生了。"

到了次年，即 1802 年，他的耳疾更加深起来，又常常耳鸣。他是自然爱好者，野外散步是他的最大的慰安。这时候他到野外，听不出农夫的吹笛的声响，顿时又起悲观，写了"遗言"寄送朋友。然而他终于是强者，用不屈不挠的态度，来同这聋疾战斗，他曾经对人说："我一定要克制我的命运。"

从此以后的生活，全部是对于聋疾的苦战了。1809年，拿破仑军队侵入维也纳，炮弹飞走空中的时候，贝多芬恐怕炮弹的声音增进他耳疾，用两手指紧紧地塞住自己的耳孔，满腔忧闷地躺在床上。

聋疾是贝多芬生涯中的一大悲哀。他的作品常是生活的反映。他能在黑暗中打出光明。故在贝多芬，音乐是苦恼的赴诉处，同时又是苦恼的逃避所。

大师教你这样学写作

我研习西方写作教育，深谙如何"**像作者一样读书**"，也一直在孜孜不倦地引导学生"**像作者一样读书**"，让学生通过阅读来持续获得写作上的成长。我一直以为这套方法体系是西学，直至我读到了沈从文先生的《给一个读者》——"从作品上了解那作品的价值与兴味，这是平常读书人的事。一个作者读书呢，却应从别人作品上了解那作品整个的分配方法，注意它如何处置文字如何处理故事，也可以说看得应深一层。"我颇为惊喜和意外，这不正是"像作者一样读书"吗？原来在写作学习上，中西方其实是相通的。

　　大师在《谈创作》一文中对如何"看得深一层"做了更细致的阐释："一个创作者看一本书，他留心的只是：'这本书如何写下去，写到某一件事，提到某一点气候同某一个人的感觉时，他使用了些什么文字去说明。他简单处简单到什么程度，相反地，复杂时又复杂到什么程度。他所说的这个故事，所用的一组文字，是不是合理的？……他有思想，有主张，他又如何去表现他这点主张？'"也就是说，要把自己放在作者的角度上解析文本，思作者之所思。

　　历史学家范文澜先生说过一句很著名的话，叫作"**文章不写半句空**"，意思是文章里不能有半句空话或者废话，和主题无关的话。我们会看到作者在文章里写了很多的细节，有的地方看似闲笔，但只要我们用心去琢磨去品味，你自会发现作者的匠心与深意。

非常棒，你看，通过这套《经典名篇里的写作课》丛书的阅读学习，我们能非常敏锐地发现和分析作者用到的写作手法，说明我们"像作者一样"读书的能力在不断地成长。只有读得懂、悟得到，你才能学得会。我希望在今后的阅读中你能一直保持着这样敏锐的领悟力和思考力，从阅读中不断地汲取到写作的养分。

——密斯於

给一个读者

——沈从文

1

"真真的秘诀是多读多做。"

你问关于写小说的书，什么书店什么人作得较好。我看过这样的书八本，从那些书上明白一件事，就是：凡编著那类书籍出版的人，他自己绝不能较好地创作，也不能给旁的从事文学的人多少帮助。那些书不管书名如何动人，内容总不大合于写作的事实，算不得灵丹妙药。他告诉你们"秘诀"，但这件事若并无秘诀可言，他玩的算个什么把戏，你想想也就明白了。真真的秘诀是多读多做，但这个已是一句老话了，不称其为秘诀的。我只预备告诉你几句话，虽然平淡无奇，也许还有一点用处，可作你的参考。

据我经验说来，写小说同别的工作一样，得好好地去"学"。又似乎完全不同别的工作，就因为学的方式可以不同。从旧的各种文字、新的各种文字理解文字的性质，明白它们的轻重，习惯于运用它们。这工作很简单，并无神秘，不需天才。

不过，好像得看一大堆作品才会得到有用的启发。

你说你也看了不少书。照我的推测，你看书的方法或值得讨论。从作品上了解那作品的价值与兴味，这是平常读书人的事。一个作者读书呢，却应从别人作品上了解那作品整个的分配方法，注意它如何处置文字如何处理故事，也可以说看得应深一层。

一本好书不一定使自己如何兴奋，却宜于印象底记着。一个作者在别人的好作品面前，照例不会怎么感动——作品他知道是写出来的，人事他知道无一不十分严重。他得比平常人冷静些，因为他正在看、分析、批判。他必须静静地看、分析、批判，自己写时方能下笔，方有可写的东西，写下来方能够从容而正确。

文字是作家的武器，一个人理会文字的用处比旁人渊博，善于运用文字，正是他成为作家的条件之一。

几年来有个趋向，不少人以为文字艺术是种不必注意的小技巧。这有道理。不过这些人似乎并不细细想想，不懂文字，什么是文学。《诗经》与山歌不同，不在思想，还在文字！一个作家思想好，决不至于因文字也好反而使他思想变坏。一个性情幽默知书识字的剃头师傅，能如老舍先生那么使用文字，也就有机会成为老舍先生。若不理解文字，也不能使用文字，那就只好成天挑小担儿各处做生意，就墙边太阳下给人理发，一面工作一面与主顾说笑话去了。

写小说，想把作品涉及各方面生活，一个人在事实上不可能，在作品上却俨然逼真，这成功也靠文字。文字同颜料一样，本身是死的，会用它就会活。作画需要颜色，且需要会调弄颜色。一个作家不注意文字，不懂得文字的魔力，纵有好思想也表达不出。作品专重文字排比自然会变成四六文章。我并不要你专注重文字，我的意思是一个作家应了解文字的性能，这方面知识越渊博熟练，越容易写作品。

2

"作家应明白各种人为义利所激发的情感如何各不相同。"

写小说应看一大堆好作品，而且还应当知道如何去看，方能明白，方能写。上面说的是我的主观设想。至于"理论"或"指南""作法"一类书，我认为并无多大用处。这些书我就大半看不懂，我总不明白写这些书的人，在那里说些什么话。若照他们说的方法来写小说，许多作者一年恐怕不容易写两个像样的短篇了。"小说原理""小说作法"那是上讲堂用的东西，至于一个作家却只应看一堆作品，做无数次试验，从种种失败上找经验，慢慢地完成他那个工作。他应当在书本上学懂如何安排故事使用文字，却另外在人事上学明白人事。

每人因环境不同，欢喜与憎恶多不相同。同一环境中的人，又会因体质不一，爱憎也不一样。有张值洋一千元的钞票掉在地下，我见了也许拾起来交给警察，你拾起来也许会捐给慈善机构，但被一个商人拾去呢？被一个划船水手拾去呢？被一个妓女拾去？你知道，用处皆不会相同的。男女恋爱也如此，男女事在每一个人解释下都成为一种新的意义。作战也如此，每个军人上战场时感情各不相同。

作家从这方面应学的，是每一件事各以身份性别而产生的差别。简单说来就是"求差"。应明白各种人为义利所激发的情感如何各不相同。又譬如胖一点的人脾气常常很好，超过限度且易中风，瘦人能够跑路，神经敏锐。广东人爱吃蛇肉，四川人爱吃辣椒，北方人赶骆驼的也穿皮衣，四月间房子里还生火，河南、河北乡村妇女如今还有缠足的，这又是某一地方多数人相同的，这是"求同"。求同知道人的类型，求差知道人的特性。我们能了解什么事有他的"类型"，凡属这事通通相去不远。又知道什么事有他的"特性"，凡属个人皆无法强同。这些琐细知识越丰富，写文章也就容易下笔了。知道的太少，那写出来的就常不对。

好作品照例使这看来很对，很近人情，很合式。一个好作品中的人物常使人产生亲近的感觉。正因为他的爱憎，他的声音笑貌都是一个活人。这活人由作者创造，作者可以大胆自由来创造，创造他的人格与性情，第一条件，是安排得对。他可以把工人角色写得性格极强，嗜好正当，人品高贵，即或他并不见到这样一个工人，只要写得对就成。但他如果写个工人有三妻六妾，会作诗，每天又作什么什么，就不对了。把身份、性情、忧乐安排得恰当合理，这作品文字又很美，很有力，便可以希望成为一个好作品。

3

"我们谁都缺少死亡的经验，然而也可以写出死亡的一切。"

不过有些人既不能看一大堆书，又不能各处跑，弄不明白人事中的差别或类型，也说不出这种差别或类型，是不是可以写得出好作品？换一个说法，就是假使你这时住在南洋，所见所闻总不能越出南洋天地以外，可读的书又仅仅几十本，是不是还可希望写几个大作品？据我想来也仍然办得到。

经验世界原有两种方式，一是身临其境，一是思想散步。我们活到二十世纪，正不妨写十五世纪的历史小说。我们谁都缺少死亡的经验，然而也可以写出死亡的一切。写牢狱生活的不一定亲自入狱，写恋爱的也不必须亲自恋爱。虽然这举例不大与上面要说的相合，譬如这时要你写北平，恐怕多半写不对。但你不妨就"特点"下笔，你不妨写你身临其境所见所闻南洋的一切。你身边只有《红楼梦》一部，就记熟他的文字，用那点文字写南洋。你好好地去理解南洋的社会组织、丧庆仪式、人民观念与信仰、上层与下层的一切，懂得多而且透彻，就这种特殊风光作背景，再注入适当的想象，自然可以写得出很动人故事的。你若相信用破笔败色在南洋可以画成许多好画，就不妨同样试来用自己能够使用的文字，以南洋为中心写点东西。

当前自然便不免会发生一种困难，便是作品不容易使人接受的困难，这就全看你的魄力来了。你有魄力同毅力，故事安置得很得体，观察又十分透彻，写它时又亲切而近人情，一切困难皆不足妨碍你作品的成就。（我们读一百年前的俄国小说，作品中的人物还如同贴在自己生活上，可以证明，只要写得好，经过一次或两次翻译也仍然能接受的。）你对于这种工作有信心，不怕失败，总会有成就的。

我们做人照例受习惯所支配，服从惰性过日子。把观念弄对了，向好也可以养成一种向好的性情。觉得自己要去做，相信自己做得到，把精力全部搁在这件工作上，征服一切并不十分困难，何况提起笔来写两个短篇小说？

4

"这不是知识多少问题，是训练问题。"

你问："一个作者应当要多少基本知识？"这不是几

句话说得尽的问题。别的什么书上一定有这个答案。但答案显然全不适用。一个大兵，认识方字一千个左右，训练得法，他可以写出很好的故事。一个老博士，大房子里书籍从地板堆积到楼顶，而且每一本书皆经过他圈点校订，假定说，这些书全是诗歌吧，可是这个人你要他作一首诗，也许他写不出什么好诗。

这不是知识多少问题，是训练问题。你有两只脚，两只眼睛，一个脑子，一只右手，想到什么地方就走去，要看什么就看定它用脑子记忆，且把另一时另一种记忆补充，要写时就写下它，不知如何写时就温习别的作品是什么样式完成。如此训练下去，久而久之，自然就弄对了。学术专家需要专门学术的知识，文学作者却需要常识和想象。有丰富无比的常识，去运用无处不及的想象，把小说写好实在是件太容易的事情了。懒惰畏缩，在一切生活一切工作上皆不会有好成绩，当然也不能把小说写好。谁肯用力多爬一点路，谁就达到高一点的峰头。

历史上一切伟大作品，都不是偶然成功的。每个大作家总得经过若干次失败，受过许多回挫折，流过不少滴汗水，才把作品写成。你虽没见过托尔斯泰，但你应当相信托尔斯泰这个人的伟大，那么大堆作品，还只是一双眼睛一个脑子一只右手作成的。你如今不是也有两只光光的眼睛、一个健全的脑子、一只强壮的右手吗？你所处的环境、所见的世界，实在说来比托尔斯泰还更幸运一些，你还怕什么？你担心无出路，你是不是真想走路？你不宜于在迈步以前惶恐，得大踏步走向前去。一个作者的基本条件，同从事其他事业的人一样，要勇敢、有恒，不怕失败，不以小小成就自限。

写诗究竟是怎么一回事？

——林徽因

写诗究竟是怎么一回事？

写诗，或可说是要抓紧一种一时闪动的力量，一面跟着潜意识浮沉，摸索自己内心所萦回，所着重的情感——喜悦，哀思，忧怨，恋情，或深，或浅，或缠绵，或热烈，又一方面顺着直觉，认识，辨味，在眼前或记忆里感官所触遇的意象——颜色，形体，声音，动静，或细致，或亲切，或雄伟，或诡异；再一方面又追着理智探讨，剖析，理会这些不同的性质，不同分量，流转不定的情感意象所互相融会，交错策动而发生的感念；然后以语言文字（运用其声音意义）经营，描画，表达这内心意象，情绪，理解在同时间或不同时间里，适应或矛盾的所共起的波澜。

写诗，或又可说是自己情感的，主观的，所体验了解到的；和理智的客观的所体察辨别到的，同时达到一个程度，沸腾横溢，不分宾主地互相起了一种作用，由于本能地冲动，凭着一种天赋的兴趣和灵巧，驾驭一串有声音，有图画，有情感的言语，来表现这内心与外物息息相关的联系，及其所发生的悟理或境界。

写诗，或又可以说是若不知其所以然的，灵巧的，诚挚的，在传译给理想的同情者，自己内心所流动的情感穿过繁复的意象时，被理智所窥探而由直觉与意识分着记取的符录！一方面似是惨淡经营——至少是专诚致意，一方面似是借力于平时不经意的准备，"下笔有神"的妙手偶然拈来；忠于情感，又忠于意象，更忠于那一串刹那间内心整体闪动的感悟。

写诗，或又可说是经过若干潜意识的酝酿，突如其来地，在生活中意识到那么凑巧的一顷刻小小时间；凑巧的，灵异的，不能自已的，流动着一片浓挚或深沉的情感，敛聚着重重繁复演变的情绪，更或凝定入一种单纯超卓的意境，而又本能地迫着你要刻画一种适合的表情。这表情积极的，像要流泪叹息或歌唱欢呼，舞蹈演述；消极的，又像要幽静独处，沉思自语。换句话说，这两者合一，便是一面要天真奔放，热情地自白去邀同情和了解，同时又要寂寞沉默，孤僻地自守来保持悠然自得的完美和严肃！

在这一个凑巧的一顷刻小小时间中，（着重于那凑巧的）你的所有直觉，理智，官感，情感，记性和幻想，独立的及交互的都迸出它们不平常的锐敏，紧张，雄厚，壮阔及深沉。在它们潜意识的流动——独立的或交互的融会之间——如出偶然而又不可避免地涌上一闪感悟，和情趣——或即所谓灵感——或是亲切地对自我得失悲欢；或辽阔地对宇宙自然；或智慧地对历史人性。这一闪感悟或是混沌朦胧，或是透彻明晰。像光同时能照耀洞察，又能揣摩包含你的所有已经尝味，还在尝味，及幻想尝味的"生"的种种形色质量，且又活跃着其间错综重叠于人于我的意义。

这感悟情趣的闪动——灵感的脚步——来得轻时，好比潺潺清水婉转流畅，自然地洗涤，浸润一切事物情感，倒影映月，梦残歌罢，美感地旋起一种超实际的权衡轻重，可抒成慷慨缠绵千行的长歌，可留下如幽咽微叹般的三两句诗词。愉悦的心声，轻灵的心画，常如啼鸟落花，轻风满月，夹杂着情绪的缤纷；泪痕巧笑，奔放轻盈，若有意若无意地遗留在各种言语文字上。

但这感悟情趣的闪动，若激越澎湃来得强时，可以如一片惊涛飞沙，由大处见到纤微，由细弱的物体看它变动，宇宙人生，幻若苦谜。一切又如经过烈火燃烧锤炼，分散，减化成为净纯的茫焰气质，升处所有情感意象于空幻，神秘，变移无定，或不减不变绝对，永恒的玄哲境域里去，卓越隐奥，与人性情理遥远得好像隔成距离。身受者或激昂通达，或禅寂淡远，将不免挣扎于超情感，超意象，乃至于超言语，以心传心的创造。隐晦迷离，如禅偈玄诗，便不可制止地托生在与那幻想境界儿不适宜的文字上，估定其生存权。

写诗……

总而言之，天知道究竟写诗是怎么一回事。在写诗的时候，或者是"我知道，天知道"；到写了之后，最好学勃朗宁（Browning）不避嫌疑地自讥，只承认"天知道"，天下关于写诗的笔墨官司便都省了。

我们仅听到写诗人自己说一阵奇异的风吹过，或是一片澄清的月色，一个惊讶，一次心灵的振荡，便开始他写诗的尝试，迷于意境文字音乐的搏斗，但是究竟这灵异的风和月，心灵的振荡和惊讶是什么？是不是仍为那可以追踪到内心直觉的活动；到潜意识后面那错综交流的情感与意象；那意识上理智地感念思想；以及要求表现的本能冲动？灵异的风和月所指的当是外界的一种偶然现象，同时却也是指它们是内心活动的一种引火线。诗人说话没有不打比喻的。

我们根本早得承认诗是不能脱离象征比喻而存在的。在诗里情感必依附在意象上，求较具体的表现：意象则必须明晰地或沉着地，恰适地烘托情感，表征含义。如果这还需要解释，常识的，我们可以问：在一个意识的或直觉的，感官、情感、理智，同时并重的一个时候，要一两句简约的话来代表一堆重叠交错的外象和内心情绪思想所发生的微妙的联系，而同时又不失却原来情感的质素分量，是不是容易或可能的事？一个比喻或一种象征在字面或事物上可以极简单，而同时可以带着字面事物以外的声音颜色形状，引起它们与其他事关系的联想。这个办法可以多方面地来辅助每句话确实的含义，而又加增官感情感理智每方面的刺激和满足，道理甚为明显。

无论什么诗都从不会脱离过比喻象征，或比喻象征式的言语。诗中意象多不是寻常纯客观的意象。诗中的云霞星宿，山川草木，常有人性的感情，同时内心人性的感触反又变成外界的体象，虽简明浅显隐奥繁复各有不同的。但是诗虽不能缺乏比喻象征，象征比喻却并不是诗。诗的泉源，上面已说过，是意识与潜意识地融会交流错综的情感意象和概念所促成；无疑地，诗的表现必是一种形象情感思想合一的语言。但是这种语言，不能仅是语言，它又须是一种类似动作的表情，这种表情又不能只是表情，而须是一种理解概念的传达。它同时须不断传译情感，描写现象诠释感悟。它不是形体而须创造形体颜色；它是音声，却最多仅要留着长短节奏。最要紧地是按着疾徐高下，和有限的铿锵音调，依附着一串单独或相连的字义上边；它须给直觉意识，情感理智，以整体的快惬。

　　因为相信诗是这样繁难的一列多方面条件的满足，我们不能不怀疑到纯净意识的，理智的，或可以说是"技术的"创造——或所谓"工"之绝无能为。诗之所以发生，就不叫它做灵感的来临，主要的亦在那一闪力量突如其来，或灵异的一刹那的"凑巧"，将所有繁复的"诗的因素"都齐集荟萃于一俄顷偶然的时间里。所以诗的创造或完成，主要亦当在那灵异的，凑巧的，偶然的活动一部分属意识，一部分属直觉，更多一部分属潜意识的，所谓"不以文而妙"的"妙"。理智情感，明晰隐晦都不失之过偏。意象瑰丽迷离，转又朴实平淡，像是纷纷纭纭不知所以，但飘忽中若有必然的缘素可寻，理解玄奥繁难，也像是纷纷纭纭莫名所以。但错杂里又是斑驳分明，情感穿插联系其中，若有若无，给草木气候，给热情颜色。一首好诗在一个会心的读者前边有时真会是一个奇迹！但是伤感流丽，铺张的意象，涂饰的情感，用人工连缀起来，疏忽地看去，也未尝不像是诗。故作玄奥渊博，颠倒意象，堆砌起重重理喻的诗，也可以赫然惊人一下。

写诗究竟是怎么一回事，真是唯有天知道得最清楚！读者与作者，读者与读者，作者与作者关于诗的意见，历史告诉我传统的是要永远地差别分歧，争争吵吵到无尽时。因为老实地说，谁也仍然不知道写诗是怎么一回事的，除却这篇文字所表示的，勉强以抽象的许多名词，具体的一些比喻来捉摸描写那一种特殊的直觉活动，献出一个极不能令人满意的答案。

我的三位古人先生

—— 张恨水

我很自知，除了儿时不算，过去的二十余年，我实在没有读什么书。现在能东涂西抹，手糊口吃，我不过是在一些零碎杂书上，消遣时光，偷来的本领。因此，在前清一代，我所得益之处有三个人。一个是金圣叹，一个是袁子才，一个是纳兰性德。我自十二岁，就跟三家村里先生学五言诗，那先生以试帖为根底，实在让我走入魔道。自读了《随园诗话》，我知道用我的心思作诗，于是我就立了一个标准，口所欲言笔述之，不用那些陈陈相因的话。在二十岁以前，我还不懂填词，不过看过一部《红友词律》罢了，后来会填词的朋友，劝我学稼轩或白石。稼轩的才力，当然是不能学的。白石的词，不知道什么缘故，我只觉他不知所云，揣摩起来，真要头痛，于是我就单留心南唐二主，可是他两人的词太少，学不出什么来。不久，我得纳兰的《饮水词》读了，我才得了合味的东西，作起来，也无格格不入之病了。

最有益于我的，要算金圣叹了。我十岁的时候，就看了《三国演义》《西游记》《封神榜》那些小说，那不过当故事看罢了。十三岁时，我同时读《西厢》《水浒》，看到金圣叹的外书和批评，我才知道这也是好文章，得了许多作文的法子，后来再看《石头记》《儒林外史》，我就自己能找出书里的好处来。而且我读小说的兴趣，也格外增加。以至于到现在，我居然把这个当饭碗了。

　　在宗法社会之下，科举盛行的时代，一个亡明的秀才，能够给后人开出金矿来，指示小说是文学。这种眼光，胆略，怎样不令人钦佩？我相信曹雪芹之作《石头记》，吴敬梓之作《儒林外史》，都受有他的影响的。我因为金圣叹原姓张，因之我自名圣叹后人，以示景仰，不过不兴主义的人，都以为我要姓金，我只好取消了！然而我不但作小说，是圣叹给了我那点石成金的指头，就是作散文，也很得外书许多故作波澜的法子。以上是我的实话，有人若说我取法乎中，我也承认"斯下矣"了。

文学与人生

——朱光潜

文学是以语言文字为媒介的艺术。就其为艺术而言，它与音乐图画雕刻及一切号称艺术的制作有共同性：作者对于人生世相都必有一种独到的新鲜的观感，而这种观感都必有一种独到的新鲜的表现；这观感与表现即内容与形式，必须打成一片，融合无间，成为一种有生命的和谐的整体，能使观者由玩索而生欣喜。达到这种境界，作品才算是"美"。

美是文学与其他艺术所必具的特质。

就其以语言文字为媒介而言，文学所用的工具就是我们日常运思说话所用的工具，无待外求，不像形色之于图画雕刻，乐声之于音乐。每个人不都能运用形色或音调，可是每个人只要能说话就能运用语言，只要能识字就能运用文字。语言文字是每个人表现情感思想的一套随身法宝，它与情感思想有最直接的关系。因为这个缘故，文学是一般人接近艺术的一条最直接简便的路。也因为这个缘故，文学是一种与人生最密切相关的艺术。

我们把语言文字连在一起说，是就文化现阶段的实况而言，其实在演化程序上，先有口说的语言而后有手写的文字，写的文字与说的语言在时间上的距离可以有数千年乃至数万年之久，到现在世间还有许多民族只有语言而无文字。远在文字未产生以前，人类就有语言，有了语言就有文学。文学是最原始的也是最普遍的一种艺术。在原始民族中，人人都欢喜唱歌，都欢喜讲故事，都欢喜戏拟人物的动作和姿态。这就是诗歌、小说和戏剧的起源。

于今仍在世间流传的许多古代名著，像中国的《诗经》，希腊的荷马史诗，欧洲中世纪的民歌和英雄传说，原先都由口头传诵，后来才被人用文字写下来。在口头传诵的时期，文学大半是全民众的集体创作。一首歌或是一篇故事先由一部分人倡始，一部分人随和，后来一传十，十传百，辗转相传，每个传播的人都贡献一点心裁把原文加以润色或增损。我们可以说，文学作品在原始社会中没有固定的著作权，它是流动的，生生不息的，集腋成裘的。它的传播期就是它的生长期，它的欣赏者也就是它的创作者。这种文学作品最能表现一个全社会的人生观感，所以从前关心政教的人要在民俗歌谣中窥探民风国运，采风观乐在春秋时还是一个重要的政典。我们还可以进一步说，原始社会的文字就几乎等于它的文化；它的历史、政治、宗教、哲学等都反映在它的诗歌、神话和传说里面。希腊的神话史诗，中世纪的民歌传说以及近代中国边疆民族的歌谣、神话和民间的故事都可以为证。

口口相传的文学变成文字写定的文学，从一方面看，这是一个大进步，因为作品可以不纯由记忆保存，也不纯由口诵流传，它的影响可以扩充到更久更远。但从另一方面看，这种变迁也是文学的一个厄运，因为识字另需一番教育，文学既由文字保存和流传，文字便成为一种障碍，不识字的人便无从创造或欣赏文学，文学便变成一个特殊阶级的专利品。文人成了一个特殊阶级，而这阶级化又随社会演进而日趋尖锐，文学就逐渐和全民众疏远。这种变迁的坏影响很多，首先，文学既与全民众疏远，就不能表现全民众的精神和意识，也就不能从全民众的生活中吸收力量与滋养，它就不免由狭窄化而传统化，形式化，僵硬化。其次，它既成为一个特殊阶级的兴趣，它的影响也就限于那个特殊阶级，不

能普及于一般人，与一般人的生活不发生密切关系，于
是一般人就把它认为无足轻重。文学在文化现阶段中几
已成为一种奢侈，而不是生活的必需。在最初，凡是能
运用语言的人都爱好文学；后来文字产生，只有识字的
人才能爱好文学；现在连识字的人也大半不能爱好文
学，甚至有一部分鄙视或仇视文学，说它的影响不健康
或根本无用。在这种情形之下，一个人要郑重其事地来
谈文学，难免有几分心虚胆怯，他至少须说出一点理由
来辩护他的不合时宜的举动。这篇开场白就是替以后陆
续发表的十几篇谈文学的文章做一个辩护。

先谈文学有用无用问题。一般人嫌文学无用，近
代有一批主张"为文艺而文艺"的人却以为文学的妙处
正在它无用。它和其他艺术一样，是人类超脱自然需要
的束缚而发出的自由活动。比如说，茶壶有用，因能
盛茶，是壶就可以盛茶，不管它是泥的瓦的扁的圆的，
自然需要止于此。但是人不以此为满足，制壶不但要能
盛茶，还要能娱目赏心，于是在质料、式样、颜色上费
尽机巧以求美观。就浅狭的功利主义看，这种工夫是多
余的，无用的；但是超出功利观点来看，它是人自作主
宰的活动。人不惮烦要做这种无用的自由活动，才显得
人是自家的主宰，有他的尊严，不只是受自然驱遣的奴

隶；也才显得他有一片高尚的向上心。要胜过自然，要弥补自然的缺陷，使不完美的成为完美。文学也是如此。它起于实用，要把自己所感的说给旁人知道；但是它超过实用，要找好话说，要把话说得好，使旁人在话的内容和形式上同时得到愉快。文学所以高贵，值得我们费力探讨，也就在此。

这种"为文艺而文艺"的看法确有一番正当道理，我们不应该以浅狭的功利主义去估定文学的身价。但是我以为我们纵然退一步想，文学也不能说是完全无用。人之所以为人，不只因为他有情感思想，尤在他能以语言文字表现情感思想。试假想人类根本没有语言文字，像牛羊犬马一样，人类能否有那样灿烂的文化？文化可以说大半是语言文字的产品。有了语言文字，许多崇高的思想，许多微妙的情境，许多可歌可泣的事迹才能那样流传广播，由一个心灵出发，去感动无数的心灵，去启发无数心灵的创作。这感动和启发的力量大小与久暂，就看语言文字运用得好坏。在数千载之下，《左传》《史记》所写的人物事迹还能活现在我们眼前，若没有左丘明、司马迁的那种生动的文笔，这事如何能做到？在数千载之下，柏拉图的《对话集》所表现的思想对于我们还是那么亲切有趣，若没有柏拉图的那种深入而浅出的文笔，这事又如何能做到？从前也许有许多值得流传的思想与行迹，因为没有遇到文人的点染，就湮没无闻了。我们自己不时常感觉到心里有话要说而不出的苦楚吗？孔子说得好："言之无文，行之不远。"单是"行远"这一个功用就深广不可思议。

柏拉图、卢梭、托尔斯泰和程伊川都曾怀疑到文学的影响，以为它是不道德的或是不健康的。世间有一部分文学作品确有这种毛病，本无可讳言，但是因噎不能废食，我们只能归咎于作品不完美，不能断定文学本身必有罪过。从纯文艺观点看，在创作与欣赏的聚精会神的状态中，心无旁骛，道德的问题自无从闯入意识阈。纵然离开美感态度来估定文学在实际人生中的价值，文艺的影响也决不会是不道德的，而且一个人如果有纯正的文艺修养，他在文艺方面所受的道德影响可以比任何其他体验与教训的影响更较深广。"道德的"与"健全的"原无二义。健全的人生理想是人性的多方面的谐和的发展，没有残废也没有臃肿。譬如草木，在风调雨顺的环境之下，它的一般生机总是欣欣向荣，长得枝条茂畅，花叶扶疏。情感思想便是人的生机，生来就需要宣泄生长，发芽开花。有情感思想而不能表现，生机便遭窒塞残损，好比一株发育不完全而呈病态的花草。文艺是情感思想的表现，也就是生机的发展，所以要完全实现人生，离开文艺决不成。世间有许多对文艺不感兴趣的人干枯浊俗，生趣索然，其实都是一些精神方面的残废人，或是本来生机就不畅旺，或是有畅旺的生机因为窒塞而受摧残。如果一种道德观要养成精神上的残废人，它的本身就是不道德的。

表现在人生中不是奢侈而是需要，有表现才能有生展，文艺表现情感思想，同时也就滋养情感思想使它生展。人都知道文艺是"怡情养性"的。请仔细玩索"怡养"两字的意味！性情在怡养的状态中，它必是健旺的，生发的，快乐的。这"怡养"两字却不容易做到，在这纷纭扰攘的世界中，我们大部分时间与精力都费在解决实际生活问题，奔波劳碌，很机械地随着疾行车流转，一日之中能有几许时刻回想到自己有性情？还论怡养！凡是文艺都是根据现实世界而铸成另一超现实的意象世界，所以它一方面是现实人生的反照，另一方面也是现实人生的超脱。在让性情怡养在文艺的甘泉时，我们霎时间脱去尘劳，得到精神的解放，心灵如鱼得水地徜徉自乐；或是用另一个比喻来说，在干燥闷热的沙漠里走得很疲劳之后，在清泉里洗一个澡，绿树荫下歇一会儿凉。世间许多人在劳苦里打翻转，在罪孽里打翻转，俗不可耐，苦不可耐，原因只在洗澡歇凉的机会太少。

从前中国文人有"文以载道"的说法，后来有人嫌这看法的道学气太重，把"诗言志"一句老话抬出来，以为文学的功用只在言志；释"志"为"心之所之"，因此言志包含表现一切心灵活动在内。文学理论家于是分文学为"载道""言志"两派，仿佛以为这两派是两极端，绝不相容——"载道"是"为道德教训而文艺"，"言志"是"为文艺而文艺"。其实这个问题的关键全在"道"字如何解释。如果释"道"为狭义的道德教训，载道显然就小看了文学。文学没有义务要变成劝世文或是修身科的高头讲章。如果释"道"为人生世相的道理，文学就决不能离开"道"，"道"就是文学的真实性。志为心之所之，也就要合乎"道"，情感思想的真实本身就是"道"，所以"言志"即"载道"，根本不是两回事，哲学科学所谈的是"道"，文艺所谈的仍是"道"，所不同者哲学科学的道理是抽象的，是从人生世相中抽绎出来的，好比从盐水中提出来的盐；文艺的道是具体的，是含蕴在人生世相中的，好比盐溶于水，饮者知咸，却不辨何者为盐，何者为水。用另一个比喻来说，哲学科学的道是客观的、冷的、有精气而无血肉的；文艺的道是主观的、热的，通过作者的情感与人格的渗沥，精气和血肉凝成完整生命的。换句话说，文艺的"道"与作者的"志"融为一体。

我常感觉到，与其说"文以载道"，不如说"因文证道"。《楞严经》记载佛有一次问他的门徒从何种方便之门，发菩提心，证圆通道。几十个菩萨、罗汉轮次起答，有人说从声音，有人说从颜色，有人说从香味，大家共说出二十五个法门（六根、六尘、六识、七大，每一项都可成为证道之门）。读到这段文章，我心里起了一个幻想，假如我当时在座，轮到我起立作答时，我一定说我的方便之门是文艺。我不敢说我证了道，可是从文艺的玩索，我窥见了道的一斑。文艺到了最高的境界，从理智方面说，对于人生世相必有深广的观照与彻底的了解，如阿波罗凭高远眺，华严世界尽成明镜里的光影，大有佛家所谓万法皆空，空而不空的景象；从情感方面说，对于人世悲欢好丑必有平等的真挚的同情，冲突化除后的谐和，不沾小我利害的超脱，高等的幽默与高等的严肃，成为相反者之同一。

柏格森说世界时时刻刻在创化中，这好比一个无始无终的河流，孔子所看到的"逝者如斯夫，不舍昼夜"，希腊哲人所看到的"濯足清流，抽足再入，已非前水",所以时时刻刻有它的无穷的兴趣。抓住某一时刻的新鲜景象与兴趣而给以永恒的表现,这是文艺。一个对于文艺有修养的人决不感觉到世界的干枯或人生的苦闷。他自己有表现的能力固然很好,纵然不能,他也有一双慧眼看世界,整个世界的动态便成为他的诗,他的图画,他的戏剧,让他的性情在其中"怡养"。到了这种境界,人生便经过了艺术化,而身历其境的人,在我想,可以算是一个有"道"之士。从事于文艺的人不一定都能达到这个境界,但是它究竟不失为一个崇高的理想,值得追求,而且在努力修养之后,可以追求得到。

无言之美

——朱光潜

孔子有一天突然很高兴地对他的学生说："予欲无言。"子贡就接着问他："子如不言，则小子何述焉？"孔子说："天何言哉？四时行焉，百物生焉。天何言哉？"

　　这段赞美无言的话，本来从教育方面着想。但是要明了无言的意蕴，宜从美术观点去研究。

　　言所以达意，然而意决不是完全可以言达的。因为言是固定的，有迹象的；意是瞬息万变，缥缈无踪的。言是散碎的，意是混整的。言是有限的，意是无限的。以言达意，好像用断续的虚线画实物，只能得其近似。

　　所谓文学，就是以言达意的一种美术。在文学作品中，语言之先的意象，和情绪意旨所附丽的语言，都要尽美尽善，才能引起美感。

尽美尽善的条件很多。但是第一要不违背美术的基本原理，要"和自然逼真"（true to nature）：这句话讲得通俗一点，就是说美术作品不能说谎。不说谎包含有两种意义：一、我们所说的话，就恰似我们所想说的话。二、我们所想说的话，我们都吐肚子说出来了，毫无余蕴。

意既不可以完全达之以言，"和自然逼真"一个条件在文学上不是做不到吗？或者我们问得再直接一点，假使语言文字能够完全传达情意，假使笔之于书的和存之于心的铢两悉称，丝毫不爽，这是不是文学上所应希求的一件事？

这个问题是了解文学及其他美术所必须回答的。现在我们姑且答道：文字语言固然不能全部传达情绪意旨，假使能够，也并非文学所应希求的。一切美术作品也都是这样，尽量表现，非唯不能，而也不必。

先从事实下手研究。譬如有一个荒村或任何物体，摄影家把它照一幅相，美术家把它画一幅画。这种相片和图画可以从两个观点去比较：第一，相片或图画，哪一个较"和自然逼真"？不消说得，在同一视角以内的东西，相片都可以包罗尽致，并且体积比例和实物都两两相称，不会有丝毫错误。图画就不然；美术家对一种境遇，未表现之先，先加一番选择。选定的材料还须经过一番理想化，把美术家的人格参加进去，然后表现出来。所表现的只是实物一部分，就连这一部分也不必和实物完全一致。所以图画决不能如相片一样"和自然逼真"。第二，我们再问，相片和图画所引起的美感哪一个浓厚，所发生的印象哪一个深刻，这也不消说，稍有美术口味的人都觉得图画比相片美得多。

文学作品也是同样。譬如《论语》，"子在川上曰：'逝者如斯夫，不舍昼夜！'"几句话决没完全描写出孔子说这番话时候的心境，而"如斯夫"三字更笼统，没有把当时的流水形容尽致。如果说详细一点，孔子也许这样说："河水滚滚地流去，日夜都是这样，没有一刻停止。世界上一切事物不都像这流水时常变化不尽吗？过去的事物不就永远过去决不回头吗？我看见这流水心中好不惨伤呀！……"但是纵使这样说去，还没有尽意。而比较起来，"逝者如斯夫，不舍昼夜！"九个字比这段长而臭的演义就值得玩味多了！在上等文学作品中，尤其在诗词中这种言不尽意的例子处处都可以看见。譬如陶渊明的《时运》，"有风自南，翼彼新苗"；《读〈山海经〉》，"微雨从东来，好风与之俱"；

本来没有表现出诗人的情绪，然而玩味起来，自觉有一种闲情逸致，令人心旷神怡。钱起的《省试湘灵鼓瑟》末二句，"曲终人不见，江上数峰青"，也没有说出诗人的心绪，然而一种凄凉惜别的神情自然流露于言语之外。此外像陈子昂的《登幽州台歌》："前不见古人，后不见来者，念天地之悠悠，独怆然而涕下！"李白的《怨情》："美人卷珠帘，深坐颦蛾眉。但见泪痕湿，不知心恨谁。"虽然说明了诗人的情感，而所说出来的多么简单，所含蓄得多么深远！再就写景说，无论何种境遇，要描写得惟妙惟肖，都要费许多笔墨。但是大手笔只选择两三件事轻描淡写一下，完全境遇便呈露眼前，栩栩如生。譬如陶渊明的《归园田居》："方宅十余亩，草屋八九间。榆柳荫后檐，桃李罗堂前。暧暧远人村，依依墟里烟。狗吠深巷中，鸡鸣桑树颠。"四十字把乡村风景描写多么真切！再如杜工部的《后出塞》："落日照大旗，马鸣风萧萧。平沙列万幕，部伍各见招。中天悬明月，令严夜寂寥。悲笳数声动，壮士惨不骄。"寥寥几句话，把月夜沙场状况写得多么有声有色，然而仔细观察起来，乡村景物还有多少为陶渊明所未提及，战地情况还有多少为杜工部所未提及。从此可知文学上我们并不以尽量表现为难能可贵。

在音乐里面，我们也有这种感想，凡是唱歌奏乐，音调由洪壮急促而变到低微以至于无声的时候，我们精神上就有一种沉默肃穆和平愉快的景象。白香山在《琵琶行》里形容琵琶声音暂时停顿的情况说："冰泉冷涩弦凝绝，凝绝不通声暂歇。别有幽愁暗恨生，此时无声胜有声。"这就是形容音乐上无言之美的滋味。著名英国诗人济慈（Keats）在《希腊花瓶歌》也说，"听得见的声调固然幽美，听不见的声调尤其幽美"（Heard melodies are sweet，but those unheard sweeter），也是说同样道理。大概喜欢音乐的人都尝过此中滋味。

就戏剧说，无言之美更容易看出。许多作品往往在热闹场中动作快到极重要的一点时，忽然万籁俱寂，现出一种沉默神秘的景象。梅特林克（Maeterlinck）的作品就是好例。譬如《青鸟》的布景，择夜阑人静的时候，使重要角色睡得很长久，就是利用无言之美的道理。梅氏并且说："口开则灵魂之门闭，口闭则灵魂之门开。"赞无言之美的话不能比此更透辟了。莎士比亚的名著《哈姆雷特》一剧开幕便描写更夫守夜的状况，德林瓦特（Drinkwater）在其《林肯》中描写林肯在南北战争军事旁午的时候跪着默祷，王尔德（O.Wilde）的《温德梅尔夫人的扇子》里面描写温德梅尔夫人在她的爱人寓所等候的状况，都在兴酣局紧，心悬悬渴望结局时，放出沉默神秘的色彩，都足以证明无言之美的。近代又有一种哑剧和静的布景，或只有动作而无言语，或连动作也没有，就将靠无言之美引人入胜了。

雕刻塑像本来是无言的，也可以拿来说明无言之美。所谓无言，不一定指不说话，是注重在含蓄不露。雕刻以静体传神，有些是流露的，有些是含蓄的。这种分别在眼睛上尤其容易看见。中国有一句谚语说，"金刚怒目，不如菩萨低眉"，所谓怒目，便是流露；所谓低眉，便是含蓄。凡看低头闭目的神像，所生的印象往往特别深刻。最有趣的就是西洋爱神的雕刻，他们男女都是瞎了眼睛。这固然根据希腊的神话，然而实在含有美术的道理，因为爱情通常都在眉目间流露，而流露爱情的眉目是最难比拟的。所以索性雕成盲目，可以耐人寻思。当初雕刻家原不必有意为此，但这些也许是人类不用意识而自然碰得巧。

要说明雕刻上流露和含蓄的分别，希腊著名雕刻《拉奥孔》（Laocoon）是最好的例子。相传拉奥孔犯了大罪，天神用了一种极惨酷的刑罚来惩罚他，遣了一条恶蛇把他和他的两个儿子在一块绞死了。在这种极刑之下，未死之前当然有一种悲伤惨戚目不忍睹的一顷刻，而希腊雕刻家并不擒住这一顷刻来表现，他只把将达苦痛极点前一顷刻的神情雕刻出来，所以他所表现的悲哀是含蓄不露的。倘若是流露的，一定带了挣扎呼号的样子。这个雕刻，一眼看去，只觉得他们父子三人都有一种难言之恫；仔细看去，便可发现条条筋肉根根毛孔都暗示一种极苦痛的神情。德国莱辛（Lessing）的名著《拉奥孔》就根据这个雕刻，讨论美术上含蓄的道理。

以上是从各种艺术中信手拈来的几个实例。把这些个别的实例归纳在一起，我们可以得一个公例，就是：拿美术来表现思想和情感，与其尽量流露，不如稍有含蓄；与其吐肚子把一切都说出来，不如留一大部分让欣赏者自己去领会。因为在欣赏者的头脑里所生的印象和美感，有含蓄比较尽量流露得还要更加深刻。换句话说，说出来的越少，留着不说的越多，所引起的美感就越大越深越真切。

这个公例不过是许多事实的总结束。现在我们要进一步求出解释这个公例的理由。我们要问何以说得越少，引起的美感反而越深刻？何以无言之美有如许势力？

想答复这个问题，先要明白美术的使命。人类何以有美术的要求？这个问题本非一言可尽。现在我们姑且说，美术是帮助我们超现实而求安慰于理想境界的。人类的意志可向两方面发展：一是现实界，二是理想界。不过现实界有时受我们的意志支配，有时不受我们的意志支配。譬如我们想造一所房屋，这是一种意志。要达到这个意志，必费许多力气去征服现实，要开荒辟地，要造砖瓦，要架梁柱，要赚钱去请泥水匠。这些事都是人力可以办到的，都是可以用意志支配的。但是现实界凡物皆向地心下坠一条定律，就不可以用意志征服。所以意志在现实界活动，处处遇障碍，处处受限制，不能圆满地达到目的，实际上我们的意志十之八九都要受现实限制，不能自由发展。譬如谁不想有美满的家庭？谁不想住在极乐园？然而在现实界决没有所谓极乐美满的东西存在。因此我们的意志就不能不和现实发生冲突。

一般人遇到意志和现实发生冲突的时候，大半让现实征服了意志，走到悲观烦闷的路上去，以为件件事都不如人意，人生还有什么意味？所以堕落，自杀，逃空门种种的消极的解决法就乘虚而入了，不过这种消极的人生观不是解决意志和现实冲突最好的方法。因为我们人类生来不是懦弱者，而这种消极的人生观甘心让现实把意志征服了，是一种极懦弱的表示。

然则此外还有较好的解决法吗？有的，就是我所谓超现实。我们处世有两种态度，人力所能做到的时候，我们竭力征服现实。人力莫可奈何的时候，我们就要暂时超脱现实，储蓄精力待将来再向他方面征服现实。超脱到哪里去呢？超脱到理想界去。现实界处处有障碍有限制，理想界是天空任鸟飞，极空阔极自由的。现实界不可以造空中楼阁，理想界是可以造空中楼阁的。现实界没有尽美尽善，理想界是有尽美尽善的。

姑取实例来说明。我们走到小城市里去，看见街道窄狭污浊，处处都是阴沟厕所，当然感觉不快，而意志立时就要表示态度。如果意志要征服这种现实哩，我们就要把这种街道房屋一律拆毁，另造宽大的马路和清洁的房屋。但是谈何容易？物质上发生种种障碍，这一层就不一定可以做到。意志在此时如何对付呢？他说：我要超脱现实，去理想界造成理想的街道房屋来，把它表现在图画上，表现在雕刻上，表现在诗文上。于是结果有所谓美术作品。美术家成了一件作品，自己觉得有创造的大力，当然快乐已极。旁人看见这种作品，觉得它真美丽，于是也愉快起来了，这就是所谓美感。

因此美术家的生活就是超现实的生活；美术作品就是帮助我们超脱现实到理想界去求安慰的。换句话说，我们有美术的要求，就因为现实界待遇我们太刻薄，不肯让我们的意志推行无碍，于是我们的意志就跑到理想界去求慰藉的路径。美术作品之所以美，就美在它能够给我们很好的理想境界。所以我们可以说，美术作品的价值高低就看它超现实的程度大小，就看它所创造的理想世界是阔大还是窄狭。

但是美术又不是完全可以和现实界绝缘的。它所用的工具例如雕刻用的石头，图画用的颜色，诗文用的语言都是在现实界取来的。它所用的材料例如人物情状悲欢离合也是现实界的产物。所以美术可以说是以毒攻毒，利用现实的帮助以超脱现实的苦恼。上面我们说过，美术作品的价值高低要看它超脱现实的程度如何。这句话应稍加改正，我们应该说，美术作品的价值高低，就看它能否借极少量的现实界的帮助，创造极大量的理想世界出来。

在实际上说，美术作品借现实界的帮助愈少，所创造的理想世界也因而愈大。再拿相片和图画来说明。

何以相片所引起的美感不如图画呢？因为相片上一形一影，件件都是真实的，而且应有尽有，发泄无遗。我们看相片，种种形影好像钉子把我们的想象力都钉死了。看到相片，好像看到二五，就只能想到一十，不能想到其他数目。换句话说，相片把事物看得忒真，没有给我们以想象余地。所以相片，只能抄写现实界，不能创造理想界。图画就不然。图画家用美术眼光，加一番选择的功夫，在一个完全境遇中选择了一小部事物，把它们又经过一番理想化，然后才表现出来。唯其留着一大部分不表现，欣赏者的想象力才有用武之地。想象作用的结果就是一个理想世界。所以图画所表现的现实世界虽极小，而创造的理想世界则极大。孔子谈教育说："举一隅不以三隅反，则不复也。"相片是把四隅通举出来了，不要你劳力去"复"。图画就只举一隅，叫欣赏者加一番想象，然后"以三隅反"。

流行语中有一句说："言有尽而意无穷。"无穷之意达之以有尽之言，所以有许多意，尽在不言中。文学之所以美，不仅在有尽之言，而尤在无穷之意。推广地说，美术作品之所以美，不是只美在已表现的一部分，尤其是美在未表现而含蓄无穷的一大部分，这就是本文所谓无言之美。

因此美术要和自然逼真一个信条应该这样解释：和自然逼真是要窥出自然的精髓所在，而表现出来；不是说要把自然当作一篇印版文字，很机械地抄写下来。

这里有一个问题会发生。假使我们欣赏美术作品，要注重在未表现而含蓄着的一部分，要超"言"而求"言外意"，各个人有各个人的见解，所得的言外意不是难免殊异吗？当然，美术作品之所以美，就美在有弹性，能拉得长，能缩得短。有弹性所以不呆板。同一美术作品，你去玩味有你的趣味，我去玩味有我的趣味。譬如莎氏乐府之所以在艺术上占极高位置，就因为各种阶级的人在不同的环境中都欢喜读他。有弹性所以不陈腐。同一美术作品，今天玩味有今天的趣味，明天玩味有明天的趣味。凡是经不得时代淘汰的作品都不是上乘。上乘文学作品，百读都令人不厌的。

就文学说，诗词比散文的弹性大；换句话说，诗词比散文所含的无言之美更丰富。散文是尽量流露的，愈发挥尽致，愈见其妙。诗词是要含蓄暗示，若即若离，才能引人入胜。现在一般研究文学的人都偏重散文尤其是小说。对于诗词很疏忽。这件事实可以证明一般人文学欣赏力很薄弱。现在如果要提高文学，必先提高文学欣赏力，要提高文学欣赏力，必先在诗词方面特下功夫，把鉴赏无言之美的能力养得很敏捷。因此我很希望文学创作者在诗词方面多努力，而学校语文课程中诗歌应该占一个重要的位置。

本文论无言之美，只就美术一方面着眼。其实这个道理在伦理哲学教育宗教及实际生活各方面，都不难发现。老子《道德经》开卷便说："道可道，非常道；名可名，非常名。"这就是说伦理哲学中有无言之美。儒家谈教育，大半主张潜移默化，所以拿时雨春风做比喻。佛教及其他宗教之能深入人心，也是借沉默神秘的势力。幼儿园创造者蒙台梭利利用无言之美的办法尤其有趣。在她的幼儿园里，教师每天趁儿童玩得很热闹的时候，猛然地在粉板上写一个"静"字，或奏一声琴。全体儿童于是都跑到自己的座位去，闭着眼睛蒙着头伏案假睡的姿势，但是他们不可睡着。几分钟后，教师又用很轻微的声音，从颇远的地方呼唤各个儿童的名字。听见名字的就要立刻醒来。这就是使儿童可以在沉默中领略无言之美。

就实际生活方面说，世间最深切的莫如男女爱情。爱情摆在肚子里面比摆在口头上来得恳切。"齐心同所愿，含意俱未申"和"更无言语空相觑"，比较"细语温存""怜我怜卿"的滋味还要更加甜蜜。英国诗人布莱克（Blake）有一首诗叫作《爱情之秘》（Love's Secret）里面说：

  （一）切莫告诉你的爱情，

     爱情是永远不可以告诉的，

     因为她像微风一样，

     不作声不作气地吹着。

  （二）我曾经把我的爱情告诉而又告诉，

     我把一切都披肝沥胆地告诉爱人了，

     打着寒战，竦头发地告诉，

     然而她终于离我去了！

  （三）她离我去了，

     不多时一个过客来了。

     不作声不作气地，只微叹一声，

     便把她带去了。

  这首短诗描写爱情上无言之美的势力，可谓透辟已极了。本来爱情完全是一种心灵的感应，其深刻处是老子所谓不可道不可名的。所以许多诗人以为"爱情"两个字本身就太滥太寻常太乏味，不能拿来写照男女间神圣深挚的情绪。

其实何止爱情？世间有许多奥妙，人心有许多灵悟，都非言语可以传达，一经言语道破，反如甘蔗渣滓，索然无味。这个道理还可以推到宇宙人生诸问题方面去。我们所居的世界是最完美的，就因为它是最不完美的。这话表面看去，不通已极。但是实在含有至理。假如世界是完美的，人类所过的生活比好一点，是神仙的生活，比坏一点，就是猪的生活，便呆板单调已极，因为倘若件件都尽美尽善了，自然没有希望发生，更没有努力奋斗的必要。人生最可乐的就是活动所生的感觉，就是奋斗成功而得的快慰。世界既完美，我们如何能尝创造成功的快慰？这个世界之所以美满，就在有缺陷，就在有希望的机会，有想象的田地。换句话说，世界有缺陷，可能性（potentiality）才大。这种可能而未能的状况就是无言之美。世间有许多奥妙，要留着不说出；世间有许多理想，也应该留着不实现。因为实现以后，跟着"我知道了"的快慰便是"原来不过如是"的失望。

天上的云霞有多么美丽！风涛虫鸟的声息有多么和谐！用颜色来摹绘，用金石丝竹来比拟，任何美术家也是作践天籁，糟蹋自然！无言之美何限？让我这种拙手来写照，已是糟粕枯骸！这种罪过我要完全承认的。倘若有人骂我胡言乱道，我也只好引陶渊明的诗回答他说："此中有真意，欲辨已忘言！"

茶花赋

——杨 朔

久在异国他乡，有时难免要怀念祖国的。怀念极了，我也曾想：要能画一幅画儿，画出祖国的面貌特色，时刻挂在眼前，有多好。我把这心思去跟一位擅长丹青的同志商量，求她画。她说："这可是个难题，画什么呢？画点零山碎水，一人一物，都不行。再说，颜色也难调。你就是调尽五颜六色，又怎么画得出祖国的面貌？"我想了想，也是，就搁下这桩心思。

　　今年二月，我从海外回来，一脚踏进昆明，心都醉了。我是北方人，论季节，北方也许正是搅天风雪，水瘦山寒，云南的春天却脚步儿勤，来得快，到处早像催生婆似的正在催动花事。

　　花事最盛的去处数着西山华庭寺。不到寺门，远远就闻见一股细细的清香，直渗进人的心肺。这是梅花，有红梅、白梅、绿梅，还有朱砂梅，一树一树的，每一树梅花都是一树诗。白玉兰花略微有点儿残，娇黄的迎春却正当时，那一片春色啊，比起滇池的水来不知还要深多少倍。

究其实这还不是最深的春色。且请看那一树，齐着华庭寺的廊檐一般高，油光碧绿的树叶中间托出千百朵重瓣的大花，那样红艳，每朵花都像一团烧得正旺的火焰。这就是有名的茶花。不见茶花，你是不容易懂得"春深似海"这句诗的妙处的。

想看茶花，正是好时候。我游过华庭寺，又冒着星星点点细雨游了一次黑龙潭，这都是看茶花的名胜地方。原以为茶花一定很少见，不想在游历当中，时时望见竹篱茅屋旁边会闪出一枝猩红的花来。听朋友说："这不算稀奇。要是在大理，差不多家家户户都养茶花。花期一到，各样品种的花儿争奇斗艳，那才美呢。"

我不觉对着茶花沉吟起来。茶花是美啊。凡是生活中美的事物都是劳动创造的。是谁白天黑夜，积年累月，拿自己的汗水浇着花，像抚育自己儿女一样抚育着花秧，终于培养出这样绝色的好花？应该感谢那为我们美化生活的人。

普之仁就是这样一位能工巧匠，我在翠湖边上会到他。翠湖的茶花多，开得也好，红通通的一大片，简直就是那一段彩云落到湖岸上。普之仁领我穿着茶花走，指点着告诉我这叫大玛瑙，那叫雪狮子；这是蝶翅，那是大紫袍……名目花色多得很。后来他攀着一棵茶树的小干枝说："这叫童子面，花期迟，刚打骨朵，开起来颜色深红，倒是最好看的。"

我就问："古语说：看花容易栽花难——栽培茶花一定也很难吧？"

普之仁答道："不很难，也不容易。茶花这东西有点特性，水壤气候，事事都得细心。又怕风，又怕晒，最喜欢半阴半阳。顶讨厌的是虫子。有一种钻心虫，钻进一条去，花就死了。一年四季，不知得操多少心呢。"

我又问道："一棵茶花活不长吧？"

普之仁说："活得可长啦。华庭寺有棵松子鳞，是明朝的，五百多年了，一开花，能开一千多朵。"

我不觉噢了一声：想不到华庭寺见的那棵茶花来历这样大。

普之仁误会我的意思，赶紧说："你不信么？大理地面还有一棵更老的呢，听老人讲，上千年了，开起花来，满树数不清楚，都叫万朵茶。树干子那样粗，几个人都搂不过来。"说着他伸出两臂，做个搂抱的姿势。

我热切地望着他的手，那双手满是茧子，沾着新鲜的泥土。我又望着他的脸，他的眼角刻着很深的皱纹，不必多问他的身世，猜得出他是个曾经忧患的中年人。如果他离开你，走进人丛里去，立刻便消逝了，再也不容易寻到他——他就是这样一个极其普通的劳动者。然而正是这样的人，整月整年，劳心劳力，拿出全部精力培植着花木，美化我们的生活。美就是这样创造出来的。

正在这时，恰巧有一群小孩也来看茶花，一个个仰着鲜红的小脸，甜蜜蜜地笑着，叽叽喳喳叫个不休。

我说："童子面茶花开了。"

普之仁愣了愣，立时省悟过来，笑着说："真的呢，再没有比这种童子面更好看的茶花了。"

一个念头忽然跳进我的脑子，我得到一幅画的构思。如果用最浓最艳的朱红，画一大朵含露乍开的童子面茶花，岂不正可以象征着祖国的面貌？我把这个简单的构思记下来，寄给远在国外的那位丹青能手，也许她肯再斟酌一番，为我画一幅画儿吧。

一切皆是美

YIQIE JIE

SHI MEI

扫一扫，看课程